HEYNE BÜCHER

HEINZ G. KONSALIK

ZERSTÖRTER TRAUM VOM RUHM

Roman

WILHELM HEYNE VERLAG
MÜNCHEN

HEYNE ALLGEMEINE REIHE
Nr. 01/10022

Der Band erschien bereits in der Allgemeinen Reihe
mit der Band-Nr. 01/987

Umwelthinweis:
Dieses Buch wurde auf
chlor- und säurefreiem Papier gedruckt.

26. Auflage
1. Auflage dieser Ausgabe

Deutsche Erstausgabe 1972 by Wilhelm Heyne Verlag
GmbH & Co. KG, München
Printed in Germany 1996
Umschlagillustration: ZEFA/Wartenberg, Düsseldorf
Umschlaggestaltung: Atelier Ingrid Schütz, München
Gesamtherstellung: Elsnerdruck, Berlin

ISBN 3-453-11616-X

Er stand auf der Straße und hatte zwölf Briefe in der Hand.

Obwohl die Kuverts verschieden waren und auch die Absender, brauchte er sich nicht die Mühe zu machen, die Briefe zu öffnen und die Schreiben zu lesen. Sie würden fast gleichlautend sein – er wußte es im voraus. Er brauchte sie nur zwischen zwei Fingern zu drücken oder in der Hand zu wiegen, um zu wissen, daß sie alle das gleiche enthielten:

Ein Manuskript von Franz v. Poltecky und ein gedrucktes Begleitschreiben der Redaktion: Wegen Platzmangel bedauern wir außerordentlich, daß …

Hinter ihm pendelte die Tür des Postamtes VI mit leisem Zischen hin und her. Zsch – zsch – zsch … und Menschen kamen und gingen, umkreisten den Mann, der vor der Tür stand, eilten weiter die Straße entlang oder stiegen in abgestellte Autos, ließen den Motor aufheulen, krachten mit den Gängen und fuhren davon.

Franz Schuster steckte die zwölf Briefe in die Tasche seines Regenmantels und wischte sich kurz mit der Hand über die Augen. Es war eine leise, traurige Bewegung.

Warum schickt man sie eigentlich zurück, dachte er. Es sind Kurzgeschichten, kleine Erzählungen, Betrachtungen, Satiren – keine Kunstwerke, zugegeben, aber sie sind auch nicht schlechter als die Masse derer, die man in allen Zeitungen täglich liest – oder nicht liest, ganz, wie's beliebt.

Franz Schuster seufzte und verließ seinen Standort vor der zischenden Tür des Postamtes. Wenn er seine Kurzgeschichten den beiden Lehrmädchen der Drogerie oder gar dem Chef selbst in einer stilleren Ladenzeit vorlas, klopfte man ihm auf die Schulter und verkündete:

»Aus Ihnen wird noch einmal etwas anderes als Drogist! Sie haben das Zeug zum Literaten.« Das sagte der Chef, der Herr Drogist Peter Meyer. Und die Lehrmädchen kicherten und himmelten ihn, Franz Schuster, an und meinten: »Wenn

Sie beim Film gelandet sind, denken Sie dann auch mal an uns? Sie kommen bestimmt zum Film – bei *den* Ideen!«

Diese Ermunterungen hielten Franz Schuster davon ab, seine Kurzgeschichten zu verbrennen und sich voll und ganz auf seinen Beruf als Drogist zu konzentrieren. Er opferte weiter über die Hälfte seines Gehaltes für Papier, Leihmiete für eine alte, klappernde Schreibmaschine und Porto (immer doppelt, denn unbekannte Autoren müssen immer Rückporto beilegen), er gönnte sich weiterhin als Abendmahlzeit nichts anderes als in exakter Abwechslung Brot und einen Streichkäse, Brot und ein Stück Schmierwurst, Brot und einen Hering in Gelee – und alles Geld, was übrigblieb, steckte er in den Glauben, als Franz v. Poltecky doch noch einmal gedruckt zu werden und endlich, endlich den Blick von Redakteuren und Verlegern auf sich zu lenken.

Heute nun war der dreiundzwanzigste des Monats. Ein festes Datum im Leben des kleinen Drogisten Franz Schuster. Mit dem Dreiundzwanzigsten hörten die Manuskriptsendungen auf, denn was bis zum Ersten des neuen Monats an Geld übrigblieb, war genau eingeteilt für die notwendigsten Bedürfnisse eines wirklich bescheidenen Lebens.

Im Fotolabor der Drogerie, dort, wo die Schalen mit den Entwicklern und das Fixierbad standen, setzte sich Franz Schuster auf einen Schemel und sichtete die zwölf Briefe.

Der Irrtum spielt im Leben des Menschen eine große Rolle. Durch einen Irrtum wurde das Porzellan erfunden und wurde Hauptmann Dreyfus auf die Teufelsinsel verbannt. Auch bei Franz Schuster war es ein Irrtum, der weittragende Folgen haben sollte.

Brief Nummer zwölf, den er schon ungeöffnet beiseite legen wollte, weil er wie die anderen elf doch nur ein vorgedrucktes Schreiben enthalten würde (hier lag der Irrtum!), war ein dünneres Kuvert als die anderen. Es trug den Absender:

Astoria-Film AG. Produktionsleitung. Hamburg.

Franz Schuster betrachtete den Brief mißtrauisch. Vor sechs Wochen hatte er auf eine Meldung in der Zeitung hin, daß in Hamburg eine neue Filmgesellschaft Verbindung mit jungen Autoren suche, ein Rohdrehbuch (so wie er sich ein Drehbuch dachte) hingeschickt.

Als das Päckchen schon aufgegeben war, hatte er mit Schreck festgestellt, daß er das Rückporto beizulegen vergessen hatte. Es nachzuschicken, kam ihm zu dumm vor – vielleicht konnte man es beifügen, wenn man in acht Wochen höflich und schüchtern einmal nachfragte, ob der Herr Dramaturg schon einen Blick auf das Drehbuch »Die Nachtigall« geworfen habe.

Und nun dieser Brief! Dünn, verdächtig dünn, wahrscheinlich nur die Aufforderung, siebzig Pfennig für die Rücksendung sofort zu überweisen.

Mit dem Ende einer Pinzette, mit der er sonst die Bilder aus der Entwicklerschale holte, schlitzte er den Brief auf.

Ein rotgoldener Briefkopf. Balkenschrift. Als Firmenzeichen eine moderne Grafik.

»Lieber Herr v. Poltecky ...«

Franz Schuster hängte die Pinzette an den Schalenrand. Sie zitterte plötzlich. Dann las er weiter, und als er zu Ende war mit dem kurzen Brief, las er ihn noch einmal, so wie man im Märchen beim ersten Male nicht verstehen kann, daß Rotkäppchen allein durch den dunklen Wald geschickt wird.

»Wir haben Ihren Drehbuchentwurf gelesen und sind sehr angetan. Er scheint uns der Vorwurf eines wirklich spannungsreichen Filmes zu sein.

Wir wären nicht abgeneigt, diesen Stoff zu übernehmen, zumal unsere Dramaturgie in der filmischen Auswertung Ihrer Idee viele Möglichkeiten sieht. Bei einer ersten Besprechung wurde der Film mit ca. DM 1 300 000.– veranschlagt.

Sie werden verstehen, daß diese Summe für eine junge, aber wagemutige Firma wie unsere sehr hoch ist. Wir sind auf private Geldgeber, Kredite, langfristige Schuldverschreibungen usw. angewiesen. Wir wären aber in der Lage, die Drehbuch- und Dreharbeiten zu forcieren, wenn Sie die Möglichkeit hätten, sich am Risiko zu beteiligen. Für eine Beteiligung von DM 14 000,– könnten wir Ihnen bei honorarfreier Abgabe des Drehbuches und der Idee eine zehnprozentige Beteiligung am Gewinn zusichern. Das wäre das Vielfache Ihres Honorares. Bitte geben Sie uns bald Nachricht, wie Sie zu diesem Vorschlag stehen. Wir begrüßen Sie hochachtungsvoll

Herwig Walker
Astoria-Film AG Hamburg.«

Franz Schuster legte den Brief auf die Glasplatte unter dem Vergrößerungsapparat. Welche Chance, dachte er. Aber welche sinnlose Chance! Woher soll ein kleiner Drogist die wahnsinnige Summe von 14 000,– DM nehmen?

»Da kommt nun eine Möglichkeit, und wieder ist es Mist!« sagte er laut. Herr Meyer, der Chef, der gerade im Nebenraum eine Flasche mit Salmiak abfüllte, steckte den Kopf in das Fotolabor.

»Was ist Mist?« fragte er.

»Das Leben ...«

»Nanu?!« Herr Drogist Meyer stellte seinen Salmiak auf ein Regal und kam in den kleinen Fotoraum. »Wieder alle Manuskripte zurückbekommen?«

»Das wäre kein Mist, sondern eine Alterserscheinung. Nein – man will einen Film nach meiner Idee drehen!«

»Gratuliere!« rief Herr Meyer. »Ich wußte, in Ihnen steckt ein Avantgardist!« Er liebte es, Fremdwörter zu gebrauchen, und es war immer irgendwie feierlich in seinem Gemüt, wenn er sie wählte. »Sie werden eines Tages berühmt sein, Herr Schuster.«

»Ich bin der unglücklichste Mensch, der heute vor einem Vergrößerungsapparat sitzt!« Franz Schuster zeigte auf den Brief. Herr Meyer beugte sich über dessen Schulter und las mit sichtlichem Interesse das Schreiben der Astoria-Film AG.

»14 000,– DM!« sagte er feierlich.

»Soll ich geben.«

»Die Leute sind verrückt!«

»Vielleicht ist das beim Film so üblich, ich weiß es nicht. Es ist meine erste Begegnung mit einer Filmproduktionsgesellschaft.«

Herr Drogist Meyer schob sich von Schuster weg und will

zur Tür zurück. »Für einen Drogisten ist solch eine Summe utopisch«, sagte er, allen Versuchen um Kredit gleich vorbeugend. »Vielleicht gehen Sie damit mal zu Ihrer Sparkasse?«

»Bei der habe ich 312 Mark drauf. Für eine Sommerreise. Vierzehn Tage an die Adria.«

»Legen Sie diesen Brief vor. Wenn die Firma kulant ist ...«

»Die Astoria-Film AG – ich bitte Sie, Herr Meyer.«

»Namen sind Schall und Rauch.«

»Sehen Sie sich bloß den Briefkopf an! Eine solide Firma!«

»Sparkassen und Banken steigen gern ins Filmgeschäft ein. Das habe ich mal gelesen. Mehr als nein können sie ja nicht sagen. Ich würde es probieren.« Meyer nahm seine Flasche mit Salmiak vom Regal, hüstelte, weil er sie zu sehr schüttelte und der Salmiakdampf in seine Nase stieg, und nickte Franz Schuster ermutigend zu. »Ich wünsche Ihnen viel Glück. Für die Sparkassen sind 14 000,– DM ein Klacks!«

Es zeigte sich in den folgenden Tagen, daß dieser Klacks sehr gehegt und gepflegt wurde. Die Kreditabteilung der Sparkasse verlangte Sicherheiten, eine Bank wollte eine Aufstellung über das Grundvermögen des Antragstellers.

»Meine Herren«, sagte Franz Schuster nach zehn Tagen sinnlosen Formularausfüllens, »wenn ich das alles hätte, was Sie von mir als Sicherheiten verlangen, brauchte ich keinen Kredit von Ihnen. Ich bin ein armer kleiner Drogist, und was ich möchte, ist nichts anderes, als daß Sie mir blind vertrauend diesen Kredit geben, damit ich die größte Chance meines Lebens wahrnehmen kann.«

Blindes Vertrauen gibt es nicht im Bankwesen. Blindes Geldweggeben bedeutet Ruin. Und persönliche große Chancen sind keine Sicherheit, sondern vage Versprechungen oder gar Hirngespinste. Geld aber ist eine Realität. Man fühlt es!

Nach zehn Tagen stand Franz Schuster noch genauso verlassen auf der Straße wie an jenem Morgen, an dem er vom Postamt VI die zwölf Briefe abgeholt hatte.

Franz Schuster ging an diesem Tage seiner endgültigen Niederlage im Stadtwald von Köln spazieren. Ziellos bummelte er über die noch nicht geharkten Wege, vorbei an kleinen Teichen, in deren Mitten die Schwanenhäuser schaukelten.

14 000 Mark, dachte er. Da ist man einem Ziel so nahe und doch weiter als sonst entfernt. Man kann es sehen – aber man wird es nie erreichen. Es ist, als ob bei einem Autorennen dem Siegeswagen hundert Meter vor der Endfahne die Reifen platzen.

Wie kommt man zu Geld, wenn man nicht kreditwürdig ist, grübelte er. Was würde ein anderer in meiner Lage tun? Wie wird man reich, wenn man so unscheinbar ist wie ich? Die einen werden reich geboren, die anderen heiraten reich, die dritten – die – die – oh!

Franz Schuster griff sich an den Kopf. Sie heiraten reich! Welch ein Gedanke!

Er brach einen Zweig von einem Buchenbusch und zeichnete in den Sand des Weges Kreise und Winkel.

Männlichkeit ist ein Kapital, das keine Bank bezahlen kann, dachte er. Sie ist eine zwar auf Jahre begrenzte Sicherheit, aber in ihrer »Laufzeit« mit irgendwelchen Summen gar nicht aufwiegbar. Sie ist eine Realität, an der sogar Kleopatra und das ägyptische Weltreich zerbrachen. Sie ist eine harte Währung.

Franz Schuster warf den Zweig weg und starrte auf seine in den Sand gemalten Gebilde.

Heiraten! Der Gedanke war ihm eigentlich noch nie gekommen, weil er etwas Endgültiges ausdrückte. Alles Abgeschlossene aber haßte er, ob es ein Fenster war – er schlief bei offenem Fenster –, ein Hemdkragen – er trug mit Vorliebe offene Sporthemden, auch im Winter – oder sein enges Zimmer, das ihm vorkam wie eine Zelle und dessen Tür er meistens offenstehen ließ, um beim Blick auf den Flur das Gefühl der Weiträumigkeit zu haben. Alles, was ihn beengte, betrachtete er mit der verborgenen Trauer eines Geknechteten. Und nun der Gedanke, zu heiraten. Wegen 14 000 Mark zu heiraten, um einen Film drehen zu können!

An seinem arbeitsfreien Nachmittag stand Franz Schuster

lange vor dem Eingang des Zeitungsverlages und studierte in den Fenstern die ausgestellten Anzeigen.

Hundebörse

Vermischtes

Für das Haus

Immobilien

Der Tierfreund sucht ...

Heiratsanzeigen

Er kam sich plötzlich gemein und elend vor, niederträchtig und wie ein Verräter ehrlicher und suchender Sehnsucht. Aber er betrat doch den Schalterraum, nahm ein Anzeigenformular von der Tischplatte, setzte sich an einen kleinen Schreibtisch, der seitlich der Theke stand, und begann, seine Anzeige aufzusetzen.

Junger Drogist ...

Nein, das ging nicht. Wenn Herr Meyer diese Anzeige las oder die Lehrmädchen oder der Provisor Benecke – sie würden Witze reißen und ihn auslachen. Er strich die erste Zeile durch und schrieb:

Künstler, 26 Jahre, mittelgroß, interessiert an allem Schönen in der Welt, feinsinnig und tief empfindend, sucht Lebensgefährtin mit gleichen Interessen. Etwas Vermögen erwünscht.

»Soll das so bleiben?« fragte der Anzeigenexpedient.

»Ich bitte darum«,, sagte Franz Schuster und lächelte wie verzeihend.

»Und wohin sollen die Zuschriften geleitet werden?«

»Ich hole sie hier ab. Meine Name ist – Franz v. Poltecky. Aber die Anzeige bitte unter Chiffre.«

»Kostet 1,50 Mark mehr.«

»Danach habe ich nicht gefragt«, sagte Franz Schuster stolz.

»Macht 43,50 Mark.«

»Enorm!« Franz Schuster legte das Geld auf die blanke Theke. Ich werde eine Woche auf das Mittagessen verzichten, dachte er dabei.

»Wenn man bedenkt, daß man für 43,50 Mark eine neue

Frau bekommen kann«, meinte der Expedient lächelnd. Franz Schuster strich das restliche Geld wieder in seine Geldbörse.

»Ihre Witze sind makaber!« bemerkte er streng und verließ das Zeitungsgebäude.

Er beschleunigte seine Schritte, rannte fast die letzte Wegstrecke und setzte sich in der Drogerie erschöpft auf seinen Schemel vor den Vergrößerungsapparat.

Herr Meyer, der zufällig ins Labor sah, war sehr verwundert.

»Was machen Sie denn hier? Sie haben doch Ihren freien Nachmittag. Den Hauswirtschaftsnachmittag, hahaha!«

»Ich wollte Sie um einen Vorschuß bitten«, sagte Franz Schuster schwach.

»Um 14 000 Mark?« schrie Herr Meyer entsetzt.

»Nein. Um 50 Mark!«

»Das ist gerade noch tragbar!«

»Danke.«

»Bitte.«

Herr Meyer enteilte in den Laden. Ehe er sich's anders überlegt, dachte er.

So begann mit einem Brief, einer Heiratsanzeige und einem Vorschuß von 50 Mark die erstaunliche Karriere des Franz v. Poltecky, von der man später sagen sollte, daß sie einmalig gewesen sei.

In der Samstagausgabe der Zeitung stand die Anzeige.

Das erste Wort »Künstler« hatte man fett und gesperrt gedruckt. Franz Schuster las es wie eine öffentliche Entblößung. Er kam sich nackt vor und wie von 150 000 Augen angestarrt.

Am darauffolgenden Montag saß er klein und abwartend im Labor oder bediente scheu die Kunden im Laden. Er beobachtete sie alle – Herrn Meyer, die Lehrmädchen, den Provisor Benecke –, aber keiner sprach ihn auf die Anzeige hin an, keiner grinste, kniff ein Auge zu oder flüsterte ihm in den Nacken: »Na, du alter Gauner!« Keiner nahm mehr Notiz von ihm als bisher.

Mit jedem Tag wuchs seine Spannung. »Kommen Sie in

fünf Tagen wieder vorbei«, hatte der Expedient bei der Zeitung gesagt. »Dann haben wir die ersten Zuschriften da!«

Es wird niemand schreiben, dachte Franz Schuster selbstquälerisch am vierten Tag.

Am fünften Tag stand er Punkt neun Uhr vor der Tür der Anzeigenabteilung.

Ein junges Mädchen saß an der Briefausgabe und sah Franz Schuster geschäftsmäßig wohlwollend an.

»Bitte?«

»Franz v. Poltecky. Chiffre B 2383.«

Das Mädchen sah in den Fächern nach und blickte dann wieder zu Franz Schuster hinauf.

»Haben Sie einen Sack mitgebracht?«

»Wie bitte?«

»Oder einen Koffer?«

»Ich bin weder Seemann, noch will ich verreisen.«

Das Mädchen kicherte. »Auf jeden Fall werden Sie viel Zeit haben müssen. Bitte!«

Sie griff mit beiden Händen in ein Fach und legte einen riesigen Stapel Briefe in allen Formaten auf die Theke. Und einen Zettel.

»79 Briefe! Bitte, bestätigen Sie den Empfang.«

»79 ...« Franz Schuster starrte den Stapel an. »Alle an mich?« »Ja. Sicherlich wollen Sie etwas günstig verkaufen.«

»Sie haben es erraten.« Franz Schuster nickte schwer, unterschrieb die Ausgabe und stopfte die Briefe in alle Taschen seines Regenmantels und seines Anzuges.

»Viel Erfolg«, sagte das Fräulein freundlich.

»Danke.«

Er rannte aus dem Gebäude und hatte das Gefühl, die Briefe zögen seinen Mantel und seinen Anzug zur Erde, als seien sie mit Blei gefüllt.

Es war unmöglich, mit dieser Brieflast zur Drogerie zu gehen. Es mußte auffallen. So machte er einen Umweg, lud die 79 Briefe in seinem Zimmer ab und raste dann zurück zum Geschäft. Herr Meyer stand hinter der Ladentheke und sah strafend über die Waage hinweg, auf der eine Tüte mit Senfkörnern schaukelte.

»Mir war heute morgen so unwohl«, flüsterte Franz Schuster Herrn Meyer ins Ohr. »Entschuldigen Sie bitte. Mir brummt der Schädel.«

»Nehmen Sie eine Pille.«

»Zwei von Meyers Neuralgien-Ex!«

»Gut, gut ...« Herr Meyer wog weiter ab. Ein wirklich strebsamer junger Mann, dachte er. Hält sich aufrecht mit meinen Tabletten.

Den ganzen Tag über saß Franz Schuster unruhig im Fotolabor, wässerte Bilder oder sortierte im Lager die Seifenkartons von rechts nach links und die Toilettenpapierrollen von oben nach unten. Um sieben Uhr abends endlich beugte er sich über den Tisch in seinem möblierten Zimmer. Er hatte die 79 Briefe vor sich aufgebaut und begann mit dem Aufschlitzen der Kuverts.

Der erste Brief: Die Dame, deren Fotografie ihm entgegenschnellte, wog etwas mehr als 180 Pfund, war zweimal geschieden und hatte bei Porz am Rhein eine Gemüsebude mit Andenkenverkauf. »Monatlich garantiert ein Umsatz von 3000 Mark.«

Franz Schuster betrachtete das Bild mit dem Interesse eines Anthropologen. Dann schob er das Foto schnell wieder in das Kuvert und legte den Brief zur Seite.

Nummer zwei war Häschen in der Grube. Ein Frauchen, nett und zierlich, mit »viel Seele und dem Wunsche, dem Künstler eine Muse zu sein ...« Vermögen: ein Stück ererbtes Ackerland bei Efferen am Rande des Vorgebirges. »Mein Wunsch ist es, ein trautes Heim zu schaffen. Ich habe noch viel Seele, obwohl ich 49 Jahre alt bin ...«

Franz Schuster sah mißtrauisch auf die verbliebenen 77 Briefe. Er kam sich wie ein Strandräuber vor, der im Schutze der Nacht aus dem Treibholz die besten Balken stehlen will.

»Es ist hundsgemein, Franz, mit der Sehnsucht dieser Frauen zu spielen«, sagte er laut und trank einen Schluck Zitronensprudel, »Jede von den 79 Frauen hat einen guten Mann verdient – nur nicht dich, du Kanaille!«

Drei Stunden lang las er Brief um Brief. Wieviel Vertrauen lag in allen diesen Zeilen, mit wieviel Hoffnung waren sie geschrieben worden – und er saß hier unter einer Tischlampe und sortierte wie ein routinierter Mädchenhändler die »Ware« aus – zu dick – zu dünn – zu alt – zu wenig Geld – zu wenig Geld – zu wenig …

Von 79 hoffenden Frauen blieben am Ende drei übrig. Klein und fast schamhaft lagen ihre Briefe neben dem hohen Stapel der aussortierten.

Erna Vorwerck. Sekretärin im Auswärtigen Amt in Bonn.

Martina Schneewind, Lehrerin in Hamburg.

Carola Pfindt, Buchhändlerin in Fulda.

Drei nette, hübsche Mädchen mit einer Haarfarbenskala vorn hellen Blond bis zum feurigen Rot.

Franz Schuster legte die drei Bilder nebeneinander auf den Tisch. Die Mädchen lächelten ihn an, er lächelte zurück und neigte ein wenig den Kopf zum Gruße.

»Meine Damen«, sagte er leise, »ich begrüße Sie als Auserwählte des Schriftstellers Franz v. Poltecky. Sie wissen noch nicht, was ich von Ihnen will, was Ihnen mit mir alles bevorsteht, welche blauen Wunder Sie mit mir noch erleben werden – aber trotz Ihrer Unwissenheit sage ich jetzt schon zu Ihnen: Ich bedauere Sie aufrichtig!«

Dann trank er ein Glas Zitronensprudel, weil er spürte, wie seine Kehle trocken wurde.

Keine Reue, Franz, dachte er. Bloß keine Skrupel! Es geht um deine Zukunft, und wenn alles gutgeht, wird diese Zukunft auch das Glück des Mädchens sein, das du heiraten wirst.

Ein Schriftsteller kann Briefe schreiben. Es wäre traurig, wenn ihm das nicht gelänge. Und so trafen in Fulda, Hamburg und Bonn Briefe ein, die mit den Worten begannen:

»Es gibt Augenblicke im Leben, in denen man eine schicksalhafte Entscheidung fast körperlich fühlt …«

und die mit dem Satz endeten:

»Verweigern Sie bitte nicht ein persönliches Kennenlernen und sprechen Sie erst dann Ihr gestrenges Urteil über Ihren – noch unbekannten – Franz v. Poltecky.«

Die Antworten kamen schnell, wie er sie erwartet hatte. Zuerst der Brief aus Bad Godesberg, Amalien-Allee 17. Erna Vorwerck.

Einen Tag später schrieben die beiden anderen Mädchen. Martina Schneewind, die Lehrerin aus Hamburg, meinte nüchtern, er könne ja kommen, denn nach der Physiognomie-Theorie des Cesare Lombroso sei der persönliche Eindruck immer von Nutzen.

Franz Schuster beschloß, Hamburg zuletzt zu besuchen. Außerdem lag Bad Godesberg näher an Köln. Er kannte es von Fahrten zum Siebengebirge, zum Drachenfels und nach Honnef.

Herr Drogist Meyer war erstaunt, als Franz Schuster zu ihm in das Büro kam und um einen achttägigen Urlaub bat.

»Ich brauche ihn zur Regelung von Familienangelegenheiten.«

»Familie? Ich denke, Sie haben keine Familie mehr?«

»Ab und zu taucht doch jemand auf. In Hamburg und in Fulda.«

»Gleich zwei Verwandte!«

»Verwandte treten immer rudelweise auf.« Franz Schuster lächelte verzeihend. »Sie sind wie Wölfe, Herr Meyer!«

»Köstlich!« Herr Meyer hatte Sinn für Humor. Er klopfte Franz Schuster auf die Schulter. »Ist ein Erbonkel darunter?«

»Leider nein.«

»Und was macht Ihr Film?«

»Der hat sich an 14 000 Mark aufgehangen!«

»Besser er als Sie! Ich hatte von Beginn an einen komischen Geschmack im Mund, als ich den Brief las. Entweder haben die Leute vom Film Geld und drehen, oder sie haben keins und lassen das Drehen! Was dazwischenliegt, ist faul. Trotz goldenem Briefkopf.«

Franz Schuster sah keine Veranlassung, den ahnungslosen Herrn Meyer über die veränderte Situation aufzuklären. Daß die Astoria-Film wieder geschrieben hatte und voll Begeisterung über die Idee Franz v. Polteckys war, unterschlug er allen, die bisher teilgenommen hatten an seinem schriftstellerischen Wirken. Was verstanden sie schon davon? Es waren Krämerseelen, denen der Höhenflug der Gedanken und das künstlerische Wagnis völlig fehlten, die nur nüchtern in Zahlen und Grammeinteilungen dachten und zwischen Hustenbonbons und Reinigungsspiritus lebten.

Am Sonntag zog Franz v. Poltecky – so wollen wir Franz Schuster auf seinem ferneren Lebensweg nur noch nennen – seinen besten Anzug an. Ein diskretes Dunkelbraun mit feinen Diagonalstreifen. Sogar helle Schweinslederhandschuhe steckte er in die linke Rocktasche und ließ die Finger etwas hervorsehen. Er hatte dies im Film bei Willy Birgel gesehen, und wer ein Gentleman werden will, orientiert sich am besten bei den Gentlemen des Films. Dann kaufte er einen Strauß roter Nelken und ließ sich von der Blumenfrau den Kopf einer geknickten weißen Nelke ins Knopfloch seines Anzuges stecken.

»'nen schönen Juß an dat Frollein Braut«, sagte die Blumenfrau in geübter Vertraulichkeit. Poltecky errötete leicht.

»Danke, danke.«

Dann fuhr er mit der Rheinufer-Bahn nach Bonn und von Bonn mit einem Bus nach Bad Godesberg.

Die Amalien-Allee war lang, bestand aus hohen, schönen Patrizierhäusern und strahlte die Ruhe ehrwürdiger Pensionäre aus. Das Haus Nr. 17 lag in einem großen Garten, der zur Straße hin durch einen hohen Eisenzaun abgeschirmt war. Ein kleines, goldenes Schild tat kund, daß hier Herr Prof. Dr. Bolker, Facharzt für Chirurgie, wohnte.

Franz v. Poltecky zögerte, ehe er durch das Eisentor ging und den Finger auf eine Klingel neben der dicken Eichentür legte.

Noch kann man umkehren, dachte er. Noch kann man anständig bleiben. Noch kann man …

Der Finger drückte auf den Klingelknopf.

Es war zu spät, um anständig zu bleiben.

In dem großen Treppenhaus mit der breit geschwungenen Treppe herrschte ein fades Halbdunkel. Erna Vorwerck konnte den Mann noch nicht erkennen, der unten die Tür öffnete und laut raschelnd seinen Blumenstrauß aus dem Papier wickelte.

»Guten Tag!« rief sie herab. »Die Treppenbeleuchtung geht leider nicht. Sie wird erst um sieben Uhr abends eingeschaltet.«

»Guten Tag!« Franz v. Poltecky sah die Treppe hinauf. Oben bemerkte er schemenhaft eine schlanke Gestalt. Das Herz schlug ihm plötzlich bis zum Hals, und er mußte schlucken, weil er das Gefühl hatte, es komme aus der Kehle heraus. »Ich finde schon zu Ihnen!« rief er etwas heiser vor Erregung. »Ich gehe den Wellen Ihrer Stimme nach wie Odysseus zu den Sirenen.«

Wie blöd, dachte er im gleichen Augenblick, in dem er es sagte. Reiß dich zusammen, Franz! Diese Erna Vorwerck ist vom Auswärtigen Amt her gewöhnt, mit Persönlichkeiten umzugehen.

Er umklammerte seinen Nelkenstrauß und stieg die Treppe hinauf. Je näher er Fräulein Vorwerck kam, um so stärker wurde der Duft starken Kaffees und der würzige Geruch braun gebackener Waffeln.

Drei Tage kein Mittagessen, überlegte er, indem er Stufe nach Stufe mit flotten Schritten nahm. Viermal nur abends ein Brötchen mit Käse. Und jetzt diese Düfte. O Erna Vorwerck – und wenn du aussähest wie die Hexe im Märchen – die letzten Meter würde ich zu deinem Kaffeetisch rennen!

Er stand auf dem Treppenabsatz und hielt ihr den Nelkenstrauß entgegen. »Ich freue mich sehr, unsere Bekanntschaft so schnell arrangieren zu können«, sagte er und atmete schnell, um die Unsicherheit, die ihn plötzlich überfiel, aus sich herauszupusten.

»Bitte, kommen Sie doch ins Zimmer, Herr v. Poltecky.«

Kaffee und frische Waffeln, dachte Poltecky. Meine Mutter hat sie immer gebacken und mit Puderzucker bestreut. Wie lange ist das her? Über fünfzehn Jahre ... Dann fiel eine Bombe auf das Haus in der Kölner Schildergasse.

Er trat in das große, saubere, modern eingerichtete Zimmer. Helle Gardinen, ein niedriger Couchtisch, schon fertig gedeckt für zwei Personen – Waffeln mit Puderzucker, dachte Poltecky, tatsächlich –, Sessel mit farbenleuchtenden Wollbezügen, ein modernes Sofa, abstrakte Buntdrucke in hellen Holzrahmen an den Wänden ...

Er hörte hinter sich die Türe zuklappen und drehte sich herum. Mit weitaufgerissenen Augen starrte Eva Vorwerck ihn an. Dann ging ein helles Aufleuchten über ihr Gesicht, sie streckte die Arme vor, stürzte auf Poltecky zu und schrie:

»Franz! Du!«

Er wäre fast umgefallen, so stark war der Anprall. Mit beiden Armen umschlang sie seinen Nacken und küßte ihn auf den Mund und auf die Nase und auf die Stirn.

»Franz!« rief sie dabei. »Du bist da! Du lebst noch!«

Franz v. Poltecky stand steif wie ein Mastbaum im Zimmer.

»Wieso heißt du eigentlich Franz v. Poltecky?« fragte Erna Vorwerck. Sie saßen auf dem Sofa, tranken Kaffee und aßen die braunen, mit Puderzucker bestreuten Waffeln. »Und außerdem ist es traurig, daß du deine Cousine Erna nicht gleich wiedererkannt hast, mein lieber Vetter. Ich habe dich auch noch nach achtzehn Jahren wiedererkannt.«

Franz v. Poltecky wischte sich den Zucker an einer Leinenserviette ab. »Wer hätte das gedacht!« sagte er ehrlich. »Erna Vorwerck.«

»Mein Mann starb vor drei Jahren.«

»Davon hast du in deinem Brief nichts geschrieben.«

»Und du nicht, daß du Schuster heißt.«

»Als Schriftsteller heiße ich v. Poltecky.«

»Und warum willst du unbedingt heiraten?«

Poltecky sah seine Cousine verblüfft an. »Das fragst du mich?

Wer hat auf meine Anzeige geschrieben?«

»Aus Neugier.«

»Ach! Nur aus Neugier?!« Poltecky war enttäuscht. Aus Neugier schreibt man also auch! Nicht allein, daß gleich die erste Frau, die betrogen werden sollte, seine seit achtzehn Jahren verschollene Cousine aus Berlin war, nein, jetzt war alles von ihrer Seite aus auch nur ein Spiel gewesen. »Das finde ich frivol«, gab er seiner Empörung Ausdruck, und er glaubte es fast selbst, daß er empört war. »Ich meine es wirklich ehrlich. Ich habe einen Film in Vorbereitung. Ich habe eine Zukunft. Ich kann mich emporarbeiten. Die Astoria-Film will noch in diesem Jahr nach meinem Drehbuch drehen.«

»Toll! Und warum willst du dann heiraten?«

»Um – na ja.« Poltecky trank noch eine Tasse Kaffee zur Stärkung. »Ich hatte die Idee, in meine Zukunft etwas zu investieren«, setzte er vorsichtig an. »Ich weiß nicht, ob du das verstehst. Filme werden auf Kredit gemacht, und erst die Einspielergebnisse decken die Schulden. Das ist überall so. Und ich habe die Möglichkeit, durch eine Beteiligung – na ja, schweigen wir darüber.« Er sah Erna Vorwerck treuherzig an. »Daß ich dich dadurch gefunden habe, ist auch ein Glücksfall und 43,50 Mark wert.«

»Wieso?«

»Du bist also beim Auswärtigen Amt?« versuchte Poltecky abzulenken. »Wahnsinnig interessant muß das sein. Wie ist es dir in all den Jahren ergangen?«

Erna Vorwerck winkte ab. Sie betrachtete Poltecky von der Seite. Er ist ein netter Bursche geworden, der Franz. In Berlin spielten wir zusammen im Hinterhof Verstecken zwischen den Mülltonnen oder sprangen Seil. Und jetzt ist er groß und klug und bekommt schon graue Schläfen.

Aus der anfänglichen Neugier wurde langsam, ohne daß sie es spürte, wirkliches Interesse. Warum sollte es nicht sein, dachte sie plötzlich und schämte sich innerlich vor dem Gedanken. Es kommt oft vor, daß Vettern und Cousinen heiraten.

»Wieviel Geld brauchst du?« fragte sie plötzlich.

Poltecky zuckte zusammen, als habe man ihn ohne Warnung in den Nacken geschlagen.

»Das ist doch unwichtig, Erna.«

»Ich habe viertausend Mark gespart.«

Poltecky schluckte. »Du bist ein liebes Cousinchen, aber über Geld wollen wir nicht sprechen.« Viertausend Mark, dachte er. Was sind viertausend Mark? Vor zehn Tagen wäre es ein Vermögen gewesen – nach dem Brief der Astoria-Film ist es ein Tropfen, der aus einem ausgepreßten Schwamm fällt.

»Du kannst das Geld haben, Franz.«

»Aber Erna.«

»Wenn ich dir damit helfen kann!«

»Du bist lieb – aber es kommt nicht in Frage.« Er nahm ihre Hand und küßte sie.

»Du mußt mir den Brief zeigen, den dir die Filmfirma geschrieben hat«, sagte sie, um den Eindruck zu verwischen, sie wolle das Geld bedingungslos geben. »Schickst du ihn mir zu?«

»Ich habe ihn zufällig bei mir.« Poltecky erhob sich von dem Sofa. Nein, dachte er. Nein und nochmals nein! Das hieße die Gemeinheit auf die Spitze treiben. Die eigene Cousine zu betrügen. »Ich muß übrigens gehen.«

»Du bist doch gerade erst gekommen.«

»Ja – aber.«

»Enttäuscht, mein Kleiner?« Sie streichelte ihm über das mittelbraune Haar. »Du kamst hierher als Don Juan und findest deine verschollene Cousine wieder. Das ist ein Schlag, der erst überwunden werden muß, nicht wahr?« Sie hielt seinen Arm fest, der nach dem Mantel griff, der über einer Sessellehne hing. »Oder sind Cousinen keine Frauen? Sind sie geschlechtslos?«

»Ich bitte dich, Erna.« Er setzte sich wieder.

»Du bleibst?« fragte sie mit einem leisen Triumph in der Stimme.

»Nur um dir zu beweisen, daß du nicht geschlechtslos bist.«

»Danke.«

»Das war ganz unverbindlich gemeint.«

»Natürlich.« Erna Vorwerck reckte sich. Poltecky sah sie vom Sofa aus an. Sein Gaumen wurde trocken. So reckt sich eine Katze, dachte er. Und sie ist schön wie ein Raubtier. Obwohl sie meine Cousine ist. Himmel, wo soll das hinführen?

»Kannst du einen Kognak vertragen, Franz?«

»Jetzt ja ...«

Als er spät abends das Haus verließ, trug er einen Scheck über 4000,– DM in der Brusttasche seines Anzuges und einen faden Geschmack im Mund.

Jetzt ist Fulda an der Reihe, überlegte Poltecky, als er mit der Rheinufer-Bahn zurück nach Köln fuhr.

»Es ist wirklich schwer, anständig zu bleiben«, sagte er zu sich, als er in seinem Zimmer in den Spiegel blickte. »Man macht es uns zu einfach, ein Gauner zu werden.«

Am nächsten Morgen kaufte er sich die Fahrkarte nach Fulda. Erster Klasse, wie es sich gehörte für einen bekannten Künstler. Dann betrachtete er das Bild der Carola Pfindt. Buchhändlerin, 31 Jahre alt, mit sonnigem Gemüt, wie sie schrieb.

Im Zug trank er vier Kognaks, um sich zu beruhigen.

Als der Zug in die Bahnhofshalle von Fulda rollte, war Franz v. Poltecky in der Stimmung, in der man die ganze Welt umarmen könnte.

Auf dem Bahnsteig stand ein Mädchen mit flatternden, hellroten Haaren. Poltecky sah sie schon von weitem.

Carola Pfindt.

Haare wie ein blankgeputzter Kupferkessel.

O Mädchen, dachte Poltecky. Hier ist meine Moral verwundbar.

Die junge Dame betrachtete verwundert den hochgewachsenen, schlanken, etwas schlaksigen Mann, der auf sie zustürmte. Dann lächelte sie und kam ihm zwei Schritte entgegen.

»Sie sind es?« sagte sie mit einer Betonung, als sei es verwunderlich, daß so und nicht anders ein Franz v. Poltecky aussah.

»Ja, ich bin's«, antwortete Poltecky etwas verwirrt.

»Ich habe Sie mir älter vorgestellt. Und irgendwie würdiger.«

»Ich habe Ihnen aber geschrieben, wie alt ich bin und daß ich aussehe ...«

»... wie eine graue Hauswand, so alltäglich und nichtssagend und glanzlos – ich weiß, ich weiß. Als ich diesen Satz las, reizte es mich direkt, diese Hauswand kennenzulernen.«

»Und jetzt ist sie da!«

»Und gar nicht alltäglich und nichtssagend.«

»Danke.«

»Wofür?«

»Das war ein Kompliment.«

»Nur eine Feststellung. Sie haben in Ihrem Brief untertrieben.« Carola Pfindt sah sich um. Der Bahnsteig hatte sich geleert – der nächste Zug fuhr erst in zwanzig Minuten.

»Ich habe mir gedacht, wir verbringen diesen angebrochenen Tag nicht in der Stadt, sondern fahren hinaus in die Natur. Was halten Sie davon, Herr v. Poltecky?«

»Natur ist immer gut«, sagte Poltecky. »Nirgendwo wirkt der Mensch befreiter.«

Carola Pfindt fand diesen Satz schön. Sie sah zu dem großen, etwas hageren Mann auf und gestand sich ein, daß er mit seinen beginnenden grauen Schläfen und dem eigenartigen Gesicht, das eine Mischung von Jungenhaftigkeit und Seriosität war, gut aussah und ihr gefiel.

»Haben Sie das in einem Ihrer Bücher geschrieben?« fragte sie. Was haben Sie eigentlich geschrieben? Ich habe in unserer Buchandlung noch kein Werk von Ihnen gesehen. Auch im Katalog steht nichts von Ihnen.«

»Ich schreibe Filme«, erklärte v. Poltecky mit Stolz.

»Filme.«

»Zuletzt: ›Die Nachtigall‹.«

Carola hob bedauernd die Schultern. »Kenne ich nicht. Ist das schlimm?«

»Aber nein. Er wird erst noch gedreht.«

»Das ist ja wahnsinnig interessant!« Sie bestaunte Poltecky von unten bis oben wie eine ausgestellte Plastik. »Ein richtiger Filmmann!«

Als die beiden endlich durch die Sperre am anderen Ende des Bahnsteigs gegangen und auf dem Bahnhofsplatz angelangt waren, sah sich Franz v. Poltecky nach einem Taxi um. Ein warmer Wind wehte über die alte Bischofsstadt. Carolas rote Haare flatterten Franz einen Augenblick über die Stirn, als er zur Seite blickte.

»Dort steht unser Wagen«, sagte sie und zeigte auf den Parkplatz an der Kurfürstenstraße.

»Sie haben einen Wagen?«

»Ist das so verwunderlich?«

»Ein Auto kostet viel Geld.«

»Wenn man es hat«, antwortete Carola Pfindt ziemlich flott. Poltecky schlug das Herz höher. Vielleicht gehört ihr die Buchhandlung, dachte er. Es ist nicht das Schlechteste, eine Buchhandlung zu heiraten.

Er wurde in seinen Gedanken unterbrochen. Carola stand vor einem weißen Sportwagen und klinkte die breite Tür auf. »Bitte.«

»Das hier?« Er sah auf die roten Lederpolster, auf das breite Armaturenbrett auf die schnittige Linie des schnellen Wagens. Ein Luxusmodell! Ein Filmwagen! Poltecky fühlte sich klein werden. Nur keine Komplexe, mein Junge, sagte er sich vor. Nur nicht weich in den Knien werden. Du bist ein armer Schlucker, der nicht einmal einen Türgriff dieses Autos bezahlen könnte – aber du bist nach außen hin der Filmautor v. Poltecky.

»Ein schöner Wagen! So einen fährt auch Fritz Bonares.«

»Wer ist Fritz Bonares?«

»Der Star meines neuen Filmes«, log Poltecky. »Sie werden ihn noch kennenlernen. Ein aufgehender Stern.«

»Wie Sie«, sagte Carola Pfindt und machte einen Augenaufschlag, daß es Poltecky kribbelnd über die Wirbelsäule lief. »Steigen Sie ein. Wir fahren hinaus nach Schloß Fasanerie.«

»Ich überlasse mich ganz Ihrer Führung, Carola.«

»Das finde ich nett, daß Sie Carola sagen.«

»Es war mutig von mir!«

»Nett war es. Ich liebe keine dummen Förmlichkeiten. Wir sind zusammengekommen, um uns kennenzulernen und vielleicht – wenn wir uns gefallen – einander zu heiraten und Kinder zu bekommen.«

»Das ist auch mein sehnlichster Wunsch«, würgte Poltecky. Er sah Carola an, während er in den Traumwagen stieg und in die Lederpolster versank. Wie paßt das alles zusammen? Dieses Auto, das Geld, das sie haben muß, um sich so etwas zu leisten, die roten Haare, die dralle Figur, der kußbereite Mund, die graugrünen Augen, die glänzten, als seien sie einem Schaukelpferd gestohlen – und dann dieser Sinn für die bürgerliche Beschaulichkeit.

»Sie haben herrliche Haare«, meinte er, nur um etwas zu sagen. Carola nickte.

»Das behaupten sie alle.«

»Warum haben Sie auf meine Anzeige geschrieben?« Er griff nach ihrer Hand, die den Zündschlüssel umdrehen wollte. »Bevor wir abfahren, beantworten Sie mir bitte diese Frage. Haben Sie es nötig, auf eine Anzeige zu schreiben? Sie sind reich, haben einen Traumwagen, sind wunderhübsch und könnten und müßten an jedem Finger zehn Männer haben.«

»Es reizte mich, einen Künstler, einen Schriftsteller aus der Nähe zu sehen.«

»Ach! Ihre Zuschrift war nur Spaß?«

»Eigentlich ja.«

»Schade!«

»Aber jetzt muß ich Abbitte leisten. Jetzt freue ich mich, daß ich Sie kennengelernt habe. Sie sind so ganz anders, als Künstler sonst sind. Nicht verschroben, nicht eingebildet, nicht hochgestochen. Sie sind ein ganz normaler Mensch.«

»Also enttäuscht?«

»Angenehm enttäuscht.« Sie schob seine Hand sachte fort. »Können wir jetzt fahren?«

»Wohin Sie wollen! Bis ans Ende der Welt!«

»Solange Urlaub habe ich nicht«, lachte Carola Pfindt. »Bis Schloß Fasanerie aber reicht es auch.« –

Es war schon dunkel, als sie das schönste Barockschloß Hessens verließen und durch die Allee hinab zum Parkplatz gingen. Poltecky hatte den Arm um Carolas Schulter gelegt, und sie schmiegte den Kopf an seine Schulter und war glücklich.

»Sag etwas«, flüsterte sie.

»Der Abend ist zu schön, um ihn zu zerreden.«

Sie schüttelte den Kopf. »Ich höre dich so gern sprechen. Erzähle irgend etwas. Von deinem Film, aus deinem Leben, von deinen Plänen – ich will deine Stimme hören. Es ist so schön, wenn du sprichst.«

»Ich habe dir alles erzählt, Carola.«

»Dann wiederhole es. Erzähle alles noch einmal. Ich höre so gern deine Stimme.«

Sie standen vor dem Wagen und küßten sich. Wie schnell das alles geht, dachte Poltecky dabei. In Godesberg genauso wie in Fulda. Wie wird es in Hamburg sein?

Den Rest der Nacht verbrachten sie beide teils in einem Tanzlokal, teils in Carolas kleiner Wohnung. Und zwischen zwei Küssen war es, als sie ihm kleinlaut gestand, daß der Wagen nur geliehen sei.

Poltecky erstarrte. Erst eine verschollene Cousine, jetzt eine hübsche, aber schwindelnde Abenteuerin. Wenn in Hamburg die Lehrerin auch falsch war, würde er seinen Traum von einem eigenen Film endgültig begraben.

»Ich – ich ...« Er würgte an den Worten. Sie war ehrlich zu mir – soll ich es auch sein? »Ich habe geglaubt, als ich den Wagen sah, als ich dich sah, daß ...« Er stockte und sah an die Decke. Carola legte den Arm um seine Schulter.

»Du dachtest: Die hat Geld!«

»Ja.«

»Du brauchst Geld?«

»Ich will ehrlich sein: Ja! Ich drehe meinen neuen Film. ›Die Nachtigall‹, du weißt es. Und ich habe die einmalige Gelegenheit, mich mit einem Einsatz am Gewinn zu beteiligen. Ich könnte das Mehrfache von dem verdienen, was man für ein Drehbuch bekommt. Und dieses Geld für den Einsatz, das fehlt mir eben.« Er fuhr mit der Hand durch Carolas hellrote Locken und ließ sie um seine Finger kringeln. Carola griff nach seiner Hand und küßte sie.

»Ich kann dir etwas Geld geben, Franz.«

»Sprechen wir nicht mehr davon.« Poltecky fühlte es heiß

werden. Auch sie bietet Geld an! Wie Erna in Godesberg. »Du bist ein so liebes Mädel. Behalte deine Ersparnisse. Irgendwie werde ich das Geld schon auftreiben.«

»Du wolltest reich heiraten, nicht wahr?«

»Ja.«

»Und bist an die Carola geraten! Armer Franz.« Sie küßte ihn auf die Nasenspitze, sprang dann auf und ging zu einer Kommode. Aus einer Schublade nahm sie ein schmales, hellgrünes Büchlein und kam mit ihm zu Poltecky zurück. »Hier!« sagte sie.

»Mein Sparkonto. 3000 Mark sind es. Du kannst sie haben.

»Nie, Carola! Nie!« Poltecky sprang auf. 4000 Mark von Erna, 3000 Mark von Carola, das sind 7000 Mark! Wenn die Lehrerin in Hamburg ... Er dachte nicht weiter. Er erschrak vor seinen eigenen Gedanken. »Wir kennen uns ein paar Stunden ...«

»Aber wenn du willst, werden wir ein Leben lang zusammenbleiben.« Sie hob die Arme und ließ sie wieder an den Körper zurückfallen. Wie ein kleines, hilfloses Mädchen sah sie aus. »Ich kann nichts dafür – ich liebe dich. Ich hätte es nie geglaubt. Ich komme mir ganz dumm vor – ganz fremd – und ganz schlecht ...«

Da küßte er sie. Er konnte nicht anders. Und als er am Morgen zurück nach Köln fuhr und Carola zuwinkte, die neben dem anfahrenden Zug entlanglief, hatte er nicht das geringste Empfinden von Reue. Vielleicht heirate ich sie wirklich, dachte er.

Als er sein Zimmer in Köln betrat, fand er auf dem Tisch einen Brief von Erna Vorwerck. Er sah ihn mit einer ungewissen Angst an, schob ihn zur Seite und öffnete erst die Briefe der Zeitungen und Illustrierten. Es war ein guter Tag. Zwei Kurzgeschichten waren angenommen worden.

»Ich stecke in einer Glückssträhne«, stellte Poltecky fest. »Es gelingt mir einfach alles. Es ist, als ob der Teufel alle Register zieht.«

Der Brief Ernas war kurz. Aber es genügte, um Poltecky in eine Art Panik zu versetzen.

»Liebster!
Ich habe gestern mit meinem Chef gesprochen. Wenn wir heiraten, kann ich ein Gehaltsdarlehen von 10 000.– DM bekommen. Ist das nicht wunderbar? Ich bin ganz verrückt vor Freude und Glück.
Je schneller wir heiraten, um so schneller bekommen wir das Geld.
Bist du zufrieden mit deiner Ernamaus?
Ich küsse dich heiß

Dein *Deines.*«

Poltecky sank auf seinen Stuhl und starrte in die Ecke seines Zimmers. Was tun? Das Leben begann, kompliziert zu werden. Und es würde noch komplizierter werden, wenn er in drei Tagen nach Hamburg fuhr, um Fräulein Lehrerin Martina Schneewind kennenzulernen.

An Erna Vorwerck schrieb er einen ganz lieben Brief. Für seinen Film müßte er auf drei Wochen nach Hamburg. Solange habe es wohl Zeit mit den Heiratsplänen. »Wenn wir heiraten, will ich nicht mehr dein Schuldner sein«, schrieb er am Ende des Briefes, »sondern ein reicher und unabhängiger Filmproduzent.«

Als er das Schreiben noch einmal durchlas, fand er es schön und glaubte fast selbst alles, was er phantasiert hatte.

Martina Schneewind stand hinter der Gardine ihres kleinen Appartements und sah hinunter auf die Straße.

Sie hatte sich besonders sorgfältig gekleidet. Ein hellgraues, enges Wollkleid, ohne Schmuck, einzig mit der Zier ihrer Figur, die von dem Wollstoff eng umschlossen wurde. Das nußbraune Haar trug sie kurzgeschnitten. So sah sie brav und bieder aus (was sie auch war), sehr häuslich, irgendwie unnahbar und trotz aller Lockung des engen Kleides voll stolzer Abweisung.

Vor dem Hochhaus hielt ein Taxi. Martina Schneewind drückte das Gesicht in die Gardine. Ihr Herz klopfte plötzlich, klopfte wie damals vor der zweiten Lehrerprüfung, als die Regierungsrätin mißbilligend den etwas knappen Pullover beäugte.

Aus dem Taxi stieg ein Herr. Groß, schlank, in einem hellgrauen Anzug. In der Hand hielt er einen riesigen, noch eingewickelten Blumenstrauß. Er entlohnte den Taxifahrer und winkte großzügig ab, als dieser das Wechselgeld herausgeben wollte.

Martina Schneewind zuckte von der Gardine zurück, als Poltecky unten auf der Straße an der Hochhauswand emporschaute. Dann wickelte er den Blumenstrauß aus und gab das zerknüllte Papier dem Taxifahrer.

Rote Rosen, dachte Martina. So viele rote Rosen. Welche Verschwendung! Dann trat sie vom Fenster zurück, rannte an den Spiegel in der kleinen Diele, bürstete noch einmal schnell über die weichen Wellen ihrer nußbraunen Haare und zupfte das Kleid über der Brust straff.

Sie hörte den Lift brummen, die Stahltür zuschlagen – Schritte über den langen Flur – die ab und zu verhallten. Jetzt liest er die Schilder – noch sechs Türen – noch vier – jetzt – jetzt ...

Die Klingel gellte auf. Sie zerriß fast die Nerven. »Warten«, sagte sich Martina vor. »Einen Augenblick warten. Er soll nicht wissen, daß ich hinter der Tür gewartet habe.«

Sie zählte bis zwanzig, dann drückte sie die Klinke herunter und zog die Tür auf. Ein Wall von roten Rosen quoll ihr entgegen. Und über den Rosen der Teil eines schmalen Kopfes und ein fast verschämtes Lächeln. Und durch die Rosen wehte eine Stimme zu ihr herüber.

»Dürfen meine Blumen und ich um Einlaß bitten?«

Martina Schneewind nickte. Die Antwort blieb ihr in der Kehle stecken. Es war alles so anders, als sie sich die erste Begegnung vorgestellt hatte.

»Ich freue mich, daß Sie gekommen sind«, sagte sie endlich »Sie – und die Blumen.«

Poltecky umfaßte mit einem Blick die Person Martina Schneewinds. Sie sieht auf den ersten Blick nicht wie eine Lehrerin aus, dachte er zufrieden.

Er blieb in der Diele stehen und legte die Hände an, als stände er stramm auf einem Kasernenhof.

»Bitte!« sagte er.

»Was?« Martina Schneewind sah Poltecky erschrocken an.

»Sie schrieben mir: ›Der persönliche Eindruck ist nach der Physiognomie-Theorie des Cesare Lombroso immer von Nutzen!‹ – Also bitte: Bedienen Sie sich. Sammeln Sie einen Eindruck – und dann werfen Sie mich hinaus. Nach Lombroso muß ich aussehen wie ein Vollgangster!«

Martina Schneewind schüttelte lachend den Kopf. Der Bann, der noch über ihr lag, war gebrochen. »Sie sind eine Type!« rief sie fröhlich und schüttelte wieder den Kopf. »Sie sehen aus, wie ein großer Junge mit Illusionen aussehen muß!«

»Ich habe kaum Illusionen.«

»Sie leben doch davon! Sie verkaufen sie doch als Ihr geistiges Eigentum. Oder erleben Sie als Schriftsteller alles, was Sie niederschreiben?«

»Um Gottes willen – nein!«

»Also doch Illusionen! – Das ist Logik, mein Herr.«

»Und das bei einer so schönen Frau! Ich bekenne mit Freuden, daß ich die erste Schlacht verloren habe.«

Es wurde noch viel gesprochen an diesem Tag. Und es waren immer die gleichen Dinge, die zwei Menschen sprechen, wenn sie allein zusammen sind und im Herzen den Willen haben, einander näherzukommen. Und doch war es etwas anderes: Martina begann nämlich zu rechnen.

»Sie wollen einen Film drehen«, sagte sie und spitzte dabei einen Bleistift. »Wieviel kommt dabei heraus?«

»Eine ganze Menge«, antwortete Poltecky verblüfft.

»Ungefähr?«

»Wenn es ein Geschäft wird, könnten für mich gute 40 000 DM herausspringen. Oder auch 50 000 DM. Es wird immer ein Geschäft.«

»Und wenn man das Geld dann wieder investiert?«

»Werden die Anteile natürlich größer. Man kann Millionär werden.« Poltecky lächelte, als habe er eine unverzeihliche Dummheit gesagt. »Das sind wirklich Illusionen, Martina. Darf ich Sie so nennen?«

»Unverbindlich.«

Poltecky machte eine kleine Verbeugung im Sitzen. Aha, dachte er. Hier ist anderes Holz! Hier ist man zurückhaltend, vorsichtig. Man will überzeugt sein und erobert werden.

Martina Schneewind legte den Bleistift zur Seite. »Es ist also immer ein Vabanque-Spiel?«

»Im freien Beruf ist alles Glück, Martina. Sie als Beamtin haben es besser. Sie wissen, was Sie am Monatsersten auf Ihr Konto überwiesen bekommen. Sie können disponieren. Wir Künstler«, Poltecky genoß den Ausdruck Künstler und machte einen Augenaufschlag, »wir leben einmal aus dem vollen, ein anderes Mal kann ein Bettler mehr in der Tasche haben als wir.«

»Daher der Ausdruck ›Hungerkünstler‹?«

Martina lachte. Aber Poltecky hörte aus dem anscheinenden Witz den tiefen Ernst heraus. Er lachte deshalb nicht zurück, sondern nickte ernsthaft.

»Genauso ist es. Warum soll ich es verschweigen? Aber da bietet sich jetzt diese große Chance, aus dem Kreis auszubrechen und an die Sonne zu kommen. An die Sonne des Ruhmes, des Geldes, der Unabhängigkeit – an die Sonne des Erfolges.« Er winkte ab und beugte sich zu Martina vor. »Warum sprechen wir von diesen Geschäften, Martina?« fragte er und legte eine zärtliche Note in seine Stimme, ein Vibrato, das seine Worte wie ein zitternder Geigenstrich untermalte. »Wir haben uns kennengelernt, um – nach Lombroso ...«

»Lassen Sie doch diesen Lombroso in Ruhe«, sagte Martina Schneewind und wurde rot. »Ich habe das nur so geschrieben – na ja ... Ich wollte Ihnen eigentlich gar nicht schreiben. Aber jetzt freue ich mich, Sie zu sehen.«

Poltecky fühlte, wie ein Gefühl des Glückes ihn durchrann, ein so unbekanntes Gefühl, daß er nach innen lauschte, ob das Blut nicht laut durch seine Adern rauschte. »Ich habe psychologisch und physiognomisch vor Ihnen bestanden?«

»Sie machen sich über mich lustig.« Martina erhob sich und ging zum Fenster. Ihre Rückenlinie ist bezaubernd, dachte Poltecky. Das enge Kleid, das sich wie eine Haut über die Hüften und Schenkel zieht – und so etwas ist eine Lehrerin!

Poltecky sah ihre Hüftlinie an und fuhr sich mit der Zunge über die trockenen Lippen. »Ich bewundere Sie«, sagte er ehrlich.

»Mich?« Martina drehte sich herum. Sie war wieder rot geworden. »Was ist an mir zu bewundern?«

Er stand auf und sah sie groß an. »Ich bewundere ihre Haare, ihre großen, braunen, forschenden Augen, ihre schmale Nase, den schönen, vollen Mund mit den roten Lippen, die sagen: Warum küßt du nicht?«

»Es ist genug!« sagte Martina und blickte auf ihre Hände. Sie zitterten. Schnell legte sie sie auf den Rücken.

Poltecky starrte sie an und sprach langsam weiter.

»Ich bewundere Ihren Hals, die Beuge zu den Schultern, den Schwung Ihrer Brust …«

»Hören Sie auf! Ich verbiete Ihnen, weiterzusprechen. Wo soll das hinführen?«

»Zu einer Hymne auf Ihre Schönheit. Martina – gibt es das, daß ein Schriftsteller keine Worte findet, das zu sagen, was er empfindet?«

»Nur bei schlechten Schriftstellern.«

»Martina!« Er kam ein paar Schritte auf sie zu. Sie hob beide Hände hoch und wich zurück.

»Sprechen Sie nicht weiter! Und bleiben Sie stehen!« Ihre braunen Augen waren groß und starr.

»Martina!« Er stürzte auf sie zu und riß sie an sich. Sie wollte ihn wegstoßen, aber er hielt ihre Hände fest. Ihr Kopf wich ihm aus, sie beugte sich weit zurück, aber das enge Kleid ließ keine großen Bewegungen zu. »Sie bringen mich um meinen Verstand!«

»Wie könnte ich das, wo Sie nie einen gehabt haben!« stammelte sie.

»Katze!« Er riß ihren Kopf zu sich heran und küßte sie. Sie preßte die Lippen zusammen. Er hörte sie mit den Zähnen knirschen, so fest preßte sie den Mund zusammen.

»Geh!«

»Jetzt duzt du mich, Martina.«

Sie trommelte mit den Fäusten gegen seine Brust. Aber es waren keine harten Schläge, er spürte sie kaum. Ihr Kopf schwankte hin und her, aber sie hielt die Augen geschlossen und atmete schnell wie im Fieber.

Dann küßte er sie wieder und unter seinem Kuß spürte er, wie ihre Lippen sich öffneten und ihre Arme sich um seinen Nacken legten.

»Ich hasse dich«, sagte Martina, als sie ihren Kopf wieder zurückriß. »Ich hatte mir vorgenommen, stark zu bleiben. Und ich weiß auch nicht, warum ich dich wiedergeküßt habe.«

Herwig Walker sah aus, wie man sich einen Filmboß vorstellt und wie er im Fernsehen und im Kino dargeboten wird.

Dick wie eine Riesenqualle, mit einer Zigarre im Mundwinkel und einer Brutalität im Gesicht, die alle Gagenverhandlungen schon beim bloßen Anblick des Chefs erstickte, thronte er hinter einem Schreibtisch vor einer mit Filmplakaten tapezierten Wand.

Als Martina Schneewind und Franz v. Poltecky in das Zimmer traten, erhob sich Walker nicht von seinem Stuhl, sondern sah ihnen entgegen wie ein Hypnotiseur. Das Mädchen ist sexy, dachte er. Dann winkte er und sagte freundlich zu Poltecky:

»Go on, boy!«

»Do you speak German?«

Herwig Walker starrte Martina verständnislos an. Er witterte Gefahr und erhob sich schnell. Über sein fettes Gesicht zog ein breites Lächeln. Er kam auf Martina zu und winkte dabei Poltecky.

»Jetzt erkenne ich Sie! Der berühmte Autor von der ›Nachtigall‹! Sie müssen entschuldigen – ich habe soviel im Kopf!«

Er drückte Martina die Hand und klopfte Poltecky auf die Schultern. Dann schnaufte er und brüllte gegen die Tür.

»Richter! Drei Kognaks! Aber schnell!«

Im Nebenzimmer polterte die Sekretärin. Sie kam mit einem Tablett und drei Gläsern voll Kognak, stellte sie auf den Schreibtisch und verschwand wieder.

»Ihr Drehbuchentwurf ist eine Wucht!« sagte Walker und reichte die Gläser hin. »Der Gustl ist fast verrückt geworden! Diese Szenen, diese Dramatik, diese zarte Liebeslyrik! Der ganze Silberwald ist reines Blech dagegen! Wir drehen den Knüller, lieber Poltecky! Wir drehen ihn. Darauf einen – nee, keine Werbung! Prost!«

Martina Schneewind hustete ein wenig, als sie den Kognak trank. Dabei betrachtete sie Walker genauer. Vielleicht müssen sie wirklich so aussehen, dachte sie. Man liest ja allerlei von den Filmleuten.

»Wer ist Gustl?« fragte sie, als sie das Glas zurückstellte. Walker riß seine Augen auf.

»Sie kennen Gustl Bretschnider nicht? Den berühmten Regisseur? Der hat Filme gemacht, die gehören zur Klassik.«

»Sie glauben wirklich, daß Franz' Drehbuch ein Erfolg wird?« fragte Martina.

Herwig Walker schlug sich wieder an die Brust.

»Wenn dieser Film kein Kassenrekord wird, können Sie mich schlachten und am Spieß als Mastochsen braten. Haha!«

»Ich würde annehmen, daß Sie sehr zäh wären.«

»Wie Leder! Im Filmgeschäft gilt nur der, aus dessen Haut man Riemen schneiden könnte! Sie werden es noch kennenlernen. Wir fahren sofort zu den Ateliers!« Walker sah auf die Tür. Die Sekretärin stand darin und winkte. »Was ist denn?« brüllte er. »Ich will nicht gestört werden! Raus!« Aber als sie weiter winkte, hob er die Schultern und wandte sich an Martina. »Einen Augenblick. Ich werde gleich wieder da sein. Wir fahren sofort ins Gelände.« Er ging zur Tür und beugte sich zu der Sekretärin vor. »Was ist denn Richter?«

Das Mädchen hielt ihm einen Zettel hin. Mit Rotstift stand darauf: »Draußen will der Gerichtsvollzieher Sie sprechen.«

Walker schnaufte und sah die Sekretärin böse an. »Halt bloß die Schnauze, Puppe«, flüsterte er. Mit den dicken Fingern zerknüllte er den Zettel und steckte ihn in die Tasche.

Breit lächelnd wandte er sich dann wieder Martina und Poltecky zu.

»Ein bekannter Star will mich sprechen«, sagte er und winkte ab. »Die Leute haben nie Zeit. Aber nicht bei mir! Wir fahren zu den Ateliers.«

Es war ein Augenblick, in dem Martina bereit war, Herwig Walker alles zu glauben, was er sagte. Und leider tat sie es auch.

Die Fahrt ging hinaus nach Blankenese. Dort, an der Grenze des Landschaftsschutzgebietes Sülldorf, hielt der schwere Wagen Direktor Walkers.

Für Martina Schneewind war diese Fahrt ein Ausflug in eine Traumwelt. Eine Welt, die sie nur von der Leinwand her kannte, aus den Filmzeitschriften und Illustrierten.

Herwig Walker zeigte auf eine große Halle, die seitlich der Straße zwischen schlanken, weißrindigen Birken und Holunderbüschen lag. Sie hatte ein grünes Dach und schmiegte sich in die Landschaft ein, als sei sie mit ihr und aus ihr gewachsen.

»Unsere Ateliers«, sagte Walker und machte eine Handbewegung, die das ganze Gelände umfaßte. »Wir haben vom Senat die Genehmigung bekommen, im Landschaftsschutzgebiet die Außenaufnahmen zu machen, solange wir nichts verändern. Wie sollten wir etwas verändern! Schöner, als die Natur es macht, kann es kein Architekt herstellen, haha!« Er stieg aus dem Wagen und half Martina auf die Straße. Über den Weg, der zu der Halle führte, kam ihnen eine große, schlanke Gestalt in weißen Leinenhosen und einem Overall entgegen.

»Da ist ja schon der Bretschnider!« rief Walker. Franz v. Poltecky drückte die Aktenmappe an seine Brust. Der Regisseur, dachte er. Der Regisseur meines ersten Filmes. Ich habe vor lauter Aufregung Herzschmerzen.

Gustl Bretschnider sah Martina aus großen, glänzenden Augen an, ehe er die hingehaltene Hand hochzog und einen Handkuß auf den Handrücken hauchte. Dann drückte er Poltecky die Finger.

»Sie kommen eine Stunde zu spät«, sagte er, nachdem er

Martin noch einmal gemustert hatte, was sie leicht rot werden ließ. »Die ersten Probeaufnahmen sind im Kasten, die Darsteller sind weg – nur die Negativrollen sind im Labor zur Entwicklung.«

»Das schadet nichts!« Walker faßte Martina Schneewind unter. »Sehen wir uns die Dekorationen an, die Halle, das Freigelände ... Sie werden staunen ...«

Und Martina staunte. Sie sah eine riesige Halle, die völlig leer war, kalt und fast feindlich. Lediglich an der Wand lehnten ein paar Pappbäume, eine roh gemalte Kulisse, die eine Hausfassade mit einem Balkon zeigte, und zwei aufgemalte Leinwandfenster in einem Holzrahmen.

»Die Dekorationen der ersten Szene«, erklärte Gustl Bretschnider. »Balkon des Herrenhauses und Zimmer des Fräuleins v. Gleichen.«

»Das?« fragte Martina unsicher und zeigte auf die Pappbäume und die schreckliche Holzfassade.

»Das soll ein Herrenhaus sein?« wunderte sich auch Poltecky.

Herwig Walker lächelte mild. »Film ist Illusion – das wissen Sie doch! Wenn darauf die Scheinwerfer scheinen, die Kamera im richtigen Winkel fotografiert und ein Mensch davor hin und her läuft – ist das das schönste Herrenhaus, das es je im Film gab!« Er lachte laut. »Und mit einem Baum stellen wir die herrlichste Liebesszene im Park her!«

»Aber warum machen Sie das, wenn Sie draußen im Gelände Tausende von Bäumen haben?« fragte Martina und sah von der Kulisse weg. Ihre romantischen Vorstellungen vom Zauber des Filmes schwanden dahin.

Walker sah sie mitleidig an.

»Wegen des Tones, Fräulein Schneewind. Draußen stört jedes Windchen, jedes Zweigeknacken ist im empfindlichen Mikrophon wie ein Kanonenschuß.«

Martina nahm sich vor, nichts mehr zu fragen, sondern sich still und vollständig entzaubern zu lassen.

Es wurde noch viel gezeigt an diesem Tag, noch vieles gesprochen und in Zukunftsbildern geschwelgt. Gustl Bretschnider versicherte, daß Polteckys Film ein »Knüller« werden würde und die Darsteller von ihren Rollen begeistert seien. Walker rechnete vorsichtig mit einer Millioneneinnahme und stellte im kommenden Jahr drei neue Poltecky-Filme in Aussicht. »Honorar pro Film 30 000 DM!« rief er, angesteckt von seiner eigenen Begeisterung. »Das sind Sie mir wert, Poltecky! Und die Konkurrenz lasse ich an Sie nicht ran! Sie sind ein Mann mit Ideen – ich halte Sie, und wenn ich alle anderen Gagen drücken müßte!«

Es waren Worte, die Martina nicht vergaß.

Als sie und Poltecky wieder allein in der kleinen Appartementwohnung waren und vom Fenster aus beobachteten, wie Herwig Walker und Gustl Bretschnider mit dem großen Wagen abfuhren, legte Poltecky seinen Arm um Martinas Schulter und zog sie an sich.

»Was sagst du nun?« fragte er leise.

»Ich bin so stolz auf dich, Franzl.«

»Drei neue Filme im nächsten Jahr.«

»Und 90 000 DM! Es ist einfach nicht zu fassen! Wenn ich es nicht selbst gehört hätte, würde ich zu jedem, der mir so etwas erzählt, sagen: Du lügst!«

»Und dazu kommen noch die Bücher und die Zeitungsgeschichten und – und …« Er stockte, einfach überwältigt von den Gedanken.

»Und – was?«

»Und die Prozente der Beteiligung! Wir sind ja an jedem Film: beteiligt durch unsere Einlage! Das kommt auch noch dazu, Martinchen.«

Sie setzte sich auf einen Sessel, der neben dem Fenster stand. »Das ist zuviel auf einmal. Ich kann das nicht begreifen. Weißt du, wie lange ich dafür arbeiten muß? 155 Monate – fast dreizehn Jahre lang!«

»Das ist der Lohn des Genies!« sagte Poltecky fröhlich und, stellte sich in Pose. »Ich gestatte Ihnen, Fräulein Lehrerin, als außergewöhnliche Gnade dieses Genie einmal zu küssen.«

»Und feiern werden wir es!« rief Martina, als sie die außergewöhnliche Gnade eingelöst hatte. »Ich habe noch zwei Flaschen Wein und eine Flasche Sekt im Kühlschrank.«

»Du?«

»Warum nicht?«

»Wozu brauchst du Sekt? Wozu braucht ein braves, liebes Mädchen Sekt? Gestehe! Werden hier Orgien gefeiert? Wer sind die Männer, die bei dir Sekt trinken?« Er wollte nach ihr greifen, aber sie entschlüpfte ihm und lief lachend durch die kleine Wohnung. Er folgte ihr, jagte sie um den Tisch, stolperte über ein heruntergefallenes Kissen und bekam sie beim Niederstürzen noch zu fassen.

»Wer sind die sektsaufenden Männer?« keuchte er. »Gestehe es!«

»Eifersüchtig?« lachte sie.

»Und wie! Othello ist ein Dilettant gegen mich!« Er wühlte in ihren Haaren und sah ihre braunen Augen dunkel, fast schwarz werden. »Du weißt gar nicht, wie ich dich liebe«, sagte er heiser. Und er sagte es nicht nur so dahin, sondern er fühlte, daß es ihm ehrlich von der Seele kam.

»Und ich dich!« flüsterte Martina.

»Auch ohne 90 000 DM?«

»Das ist gemein von dir!«

»Verzeih, Martinchen!«

»Du sollst nie so von mir denken!« Sie streichelte über seine Stirn, über seine Augen, die Nase, die Lippen, das Kinn. Es war so viel Zärtlichkeit in diesem Streicheln, daß Poltecky einen Augenblick die Augen schloß. »Als du gestern in meine Wohnung kamst, als ich dich hinter dem Blumenstrauß zum ersten Male sah, da wußte ich schon, wie alles kommen würde.«

Poltecky schüttelte den Kopf. »Gestern ...«, sagte er leise. »War es wirklich erst gestern? Es ist mir, als seien wir schon Jahre zusammen.«

Bis spät in die Nacht hinein feierten sie ihr Glück.

Der Morgen war regnerisch und grau.

Franz v. Poltecky erwachte mit dem Gefühl, daß sein Kopf von der linken bis zur rechten Schläfe quer gespalten worden sei. Außerdem wußte er nicht, wo er sich befand. Er sah einen grau verhangenen Himmel, einen gehäkelten Kaffeewärmer und eine Flasche Pilsener Bier.

»Oh!« sagte er und schloß die Augen wieder. Der Anblick von Alkohol erzeugte ihm Übelkeit. Dann erinnerte er sich wieder und setzte sich.

Auf dem Tisch neben dem Kaffeewärmer und der Flasche Bier lag ein Zettel:

»Auch wenn man noch so glücklich ist, geht das Leben weiter. Ich habe heute bis 12.30 Uhr Schule. Vor dir steht eine Flasche Bier für den ersten Nachdurst ... Dann trinke den starken Kaffee. Er wird noch heiß sein unter dem Wärmer. Zwei Brötchen habe ich dir zurechtgemacht, sie liegen im zweiten Fach von oben des Küchenschrankes. Komm mich bitte abholen! Wir gehen dann essen.
Ich küsse Dich immer und immer wieder.

Deine wahnsinnig glückliche
Martina«

Poltecky trank gehorsam die Flasche Bier, aß die beiden Brötchen und spülte den letzten Rest von Müdigkeit, Katerstimmung und schalem Alkoholgeschmack mit einigen Tassen Kaffee weg. Dann sah er auf einen Kunstkalender, der gegenüber an der Wand hing, und erschrak.

Nicht über das Bild. Was ihn erschrecken ließ, war das Datum.

Morgen war sein Urlaub von Herrn Meyers Drogerie zu Ende. Morgen früh um 8 Uhr mußte er vor dem quietschend emporleiernden Scherengitter des Schaufensters stehen und darauf warten, daß die Ladentür geöffnet wurde.

Poltecky steckte den Kopf unter den kalten Wasserstrahl des Küchenhahnes und rechnete, während er sich abfrottierte, die Zeit aus, die ihm bis morgen früh 8 Uhr blieb. Er kam zu keinem anderen Ergebnis: Entweder mußte er sofort nach Köln zurückfahren – dann war Martina zu Recht beleidigt. Oder er nahm den Nachtzug – dann stand er als Halbschlafender vor der Tür der Drogerie und würde im Lager zum Kummer Herrn Meyers ein Nickerchen halten. Außerdem wußte er, daß er den Nachtzug nie bekommen würde, wenn er Martina nach Schulschluß – also 12.30 Uhr – wieder küssen konnte.

»Ich bleibe«, sagte deshalb Franz v. Poltecky und trank noch eine Tasse Kaffee. »Mit der Aussicht, 90 000 DM im nächsten Jahr zu verdienen, kann man einmal schwänzen.«

An diesem Morgen wurde Herr Meyer in Köln an das Telefon gerufen. »Hier Drogerie Meyer!« rief er in die Muschel.

»Ich möchte gerne Herrn v. Poltecky sprechen«, sagte eine Frauenstimme. Herr Meyer sah dumm an die getünchte Decke; seines Büros und schüttelte den Kopf.

»Wen bitte?«

»Herrn v. Poltecky.«

»Kenne ich nicht.«

»Das ist aber merkwürdig.« Die Frauenstimme hatte den Klang: ehrlicher Verblüffung. »Mir ist von Herrn v. Poltecky Ihre Telefonnummer gegeben worden.«

»Von?« Herr Meyer erinnerte sich plötzlich, daß Franz Schuster unter diesem Namen seine Kurzgeschichten schrieb. »Natürlich, natürlich«, rief er eifrig. »Leider ist Herr v. Poltecky nicht hier. Er ist verreist. Sind Sie von einer Redaktion?«

»Nein.« Die Frauenstimme war etwas gedehnt. »Wohin ist er denn verreist?«

»Nach Fulda, meine Dame.«

»Nach Fulda?!« Die Stimme wurde hell. »Ich rufe ja von Fulda an!«

»Ach!« Herr Meyer wischte sich über die Stirn. »Dann sind Sie die gelähmte Tante Sophie ...«

»Sie Flegel!« schrie die Frauenstimme. Dann machte es knack in der Leitung. Herr Meyer legte auf. Da stimmt etwas nicht, dachte er. Ich habe es gleich geahnt. Aber morgen kommt er ja wieder. Hat er es nötig, seinen Chef zu belügen? Oder führt er ein Doppelleben? Herr Meyer ging seufzend zurück in den Laden. Carola Pfindt saß nachdenklich vor dem Telefon. Erst kannte er ihn nicht, dann kannte er ihn. Und dann nannte er mich eine gelähmte Tante. Was war da los in Köln? Franz sollte in Fulda sein – aber seit vier Tagen war er schon aus Fulda abgefahren!

Carola ging in das Privatbüro ihres Chefs, des Hofbuchhändlers Busch. »Wann könnte ich eine Woche Urlaub bekommen?« fragte sie. »Ich muß nach Köln in einer Familienangelegenheit.«

Herr Busch sah in seinen Terminkalender. »In drei Wochen – ja, da geht es. Ist es Ihnen recht so?«

»Aber ja. Schönen Dank, Herr Busch.«

Sie ging zurück in den Laden und setzte sich wieder hinter ihren Schreibtisch. In drei Wochen, dachte sie. Sieben Tage bei Franz. Ich werde in diesen sieben Tagen wissen, wann wir heiraten können. Schließlich hat er 3000 Mark von mir bekommen. Carola Pfindt sah auf ihre Hände. Sie zitterten.

Am Nachmittag wurde Herr Meyer noch einmal ans Telefon gerufen. Wieder war es eine Frauenstimme, die fragte.

»Könnte ich bitte Herrn Schuster sprechen.«

»Der ist verreist.« Herr Meyer biß die Lippen aufeinander. »Kann ich etwas ausrichten?«

»Ich rufe lieber noch einmal an. Wohin ist Herr Schuster denn verreist?«

Herr Meyer war vorsichtig geworden. Er zögerte, ehe er antwortete: »Ich weiß nicht, ob ich berechtigt bin, Ihnen das zu sagen. Vielleicht erzählt Ihnen Herr Schuster das persönlich.«

»Sicherlich. Ich bin seine Verlobte.«

Herr Meyer stützte sich gegen die Wand. Es war ihm, als habe ihm jemand in den Magen geschlagen. »Wer sind Sie?« stotterte er.

»Die Verlobte Herrn Schusters. Erna Vorwerck vom Auswärtigen Amt in Bonn.«

»Vom.« Herr Meyer schluckte. »Er ist wirklich verreist. Aber er kommt morgen wieder. Er ist in Fulda.«

»Fulda?«

»Bei Tante Sophie.«

»Sie machen sich wohl lustig über mich, was?« Die Stimme Erna Vorwercks war wütend. »Ich danke Ihnen für die komische Auskunft.«

Herr Meyer legte den Hörer auf. In Fulda ein Mädchen – in Bonn eine Verlobte. Und das alles bei dem kleinen Gehalt eines Drogistengehilfen.

Sie hatten gegessen und tranken zum Abschluß einen Mokka.

Um sie herum war das gedämpfte Gemurmel eines mäßig gefüllten Restaurants. Ein Lautsprecher in der Ecke spielte als dezente Tischmusik leise Opernmelodien. Vier Kellner in weißen Jacken standen herum und beobachteten diskret ihre Gäste, um bei der kleinsten Geste herbeizueilen.

»Ich habe heute in der Schule nur Dummheiten geredet«, sagte Martina und legte ihre Hand auf Polteckys Finger. »Die beiden letzten Stunden habe ich einen Aufsatz schreiben lassen, mit Zeichnung. Da hatte ich Zeit genug, über alles nachzudenken.«

»Martina«, setzte Poltecky an. Aber sie drückte seine Hand und schüttelte den Kopf.

»Sag jetzt nichts. Hör mir nur zu, Franzl. Ich habe über uns nachgedacht. Innerhalb von kaum sechsunddreißig Stunden ist alles anders geworden in unserem Leben. Wenn man das in einem Roman liest oder im Kino sieht, denkt man: So etwas Blödes! Das gibt es ja nicht. Erst muß man sich richtig kennenlernen, die Fehler; und die guten Seiten des anderen entdecken – auch ein richtiger, handfester Krach gehört dazu – und dann kennt man den anderen immer noch nicht. Aber innerhalb von ein paar Stunden ...«

Sie holte Atem. Diese kurze Pause benutzte Poltecky, um zu sagen. »Eigentlich bin ich gar nicht mehr hier.«

Martina Schneewind sah ihn verblüfft an. »Was bist du?«

»Theoretisch nicht mehr in Hamburg. Ich muß morgen um acht Uhr meinen Dienst in der Drogerie antreten. Noch bin ich Drogist mit künstlerischen Ambitionen. Aber ich werde nicht um acht Uhr in Köln sein, weil ich nicht gefahren bin. Nicht fahren konnte.«

»Meinetwegen?«

»Ja, deinetwegen.« Poltecky nahm Martinas Hand und ließ

sie schnell wieder los, als er spürte, wie kalt seine Hände gegen die ihren waren. »Ich habe nicht den inneren Stoß bekommen, wieder nach Köln zu fahren.«

»Du fühlst dich nicht wohl in deinem Beruf?«

»Doch, doch. Sehr. Bis heute oder gestern oder zu dem Tag, an dem ich die Nachricht erhielt, daß mein Film gedreht wird. Das war so, als breche eine Mauer ein, vor der ich bis zu diesem Tage gestanden hatte. Und hinter dieser brechenden Mauer war ein weites, sonniges Land. Ein Land voller Freiheit und Schönheit. Ein Traumland, Martina. Nur – zwischen mir und diesem glücklichen Land lag diese Mauer, und ich wußte, daß ich an ihren Trümmern meine Kleidung lassen und nackt in das Zauberreich gehen würde. Und davor scheue ich zurück. Ich bin ein Nichts, wenn ich über diese Mauer klettere. Doch wenn ich zurückblicke in das alte Land, in dem ich bisher gelebt habe, schaudere ich. Was soll ich tun?«

Martina nickte ihm zu. Ihre Stimme war fest.

»Bleib hier, Franzl.«

»Das kann ich nicht. Bis ich genug Geld verdiene, bis der Film etwas einbringt, bis die neuen Drehbücher fertig sind, werden Monate vergehen.«

»Was ich verdiene, reicht gut für uns beide.«

»Auf keinen Fall!« Poltecky wollte aufspringen. Aber dann besann er sich, daß sie im Restaurant saßen und die Blicke der Kellner auf sie gerichtet waren. »Ich werde das nie tun!«

»Auch das habe ich mir heute überlegt.« Sie holte aus ihrer Schultasche einen langen Zettel hervor und legte ihn auf den Tisch. »Wollen wir einmal ganz nüchtern denken und über unsere Zukunft sprechen?«

»Wir werden dazu gezwungen, Martina.«

»Gut. – Dein Film wird gedreht. Dein Name wird bekannt. Sagen wir: In einem halben Jahr kannst du dich so weit bei den Redaktionen eingeführt haben, daß du genug verdienst, um nicht zu denken, du lebst von meinem Gehalt. Dieses halbe Jahr aber wirst du es müssen. Wir werden, so schnell es geht, heiraten. Dann sollst du die Ruhe und wirtschaftliche Unabhängigkeit vorfinden, um in der notwendigen Stille die durchschlagenden Werke zu schreiben. Außerdem werde ich in den Film 7000 Mark investieren.«

»Was wirst du?« fragte Poltecky.

»Ich gebe dir 7000 Mark für deinen Film! Vor vier Monaten ist mein Bausparvertrag zugeteilt worden und liegt auf Abruf bereit. Ich kann die Einlage verwenden, wie ich will. Ich kann sie morgen holen.« Martina Schneewind sah Poltecky ein wenig ängstlich an. »Bist du mir böse, wenn ich dir jetzt einen rein geschäftlichen Vorschlag mache?«

»Nein.« Poltecky schüttelte den Kopf. Siebentausend Mark, dachte er. Nun habe ich die Summe für Walker zusammen. Es gibt jetzt nur noch eins: an das eigene Glück glauben.

»Wir machen einen Vertrag, Franzl«, sagte Martina. Sie schob ihm ein Blatt Papier über den Tisch zu. Verwundert sah Poltecky, daß das Schreiben in einzelne Absätze eingeteilt war, über denen das Zeichen § stand.

»So förmlich?«

»Es ist ein Geschäft, Franzl. Nimm es mir nicht übel. Keiner weiß, was in den Monaten geschehen kann.« Sie beugte sich zu ihm »Ich schlage dir vor, daß ich für meine 7000 Mark an deiner Einnahme mit 40 Prozent beteiligt bin.« Sie lächelte, als Poltecky die Augen zusammenkniff, und legte beruhigend die Hand auf seinen Arm. »Es bleibt ja doch in der Familie.«

Poltecky nahm den Vertragsentwurf, faltete ihn und steckte ihn in die Rocktasche. »Darüber wollen wir nachher in aller Ruhe sprechen. Nicht hier. – Was machen wir nur mit Meyer?«

»Das regele ich.«

»Du?«

»Ich werde für dich lügen.«

Herr Meyer war nicht mehr verwundert, als er den dritten Anruf an diesem Tage bekam, der sich mit Franz Schuster beschäftigte. Nur, daß dieser letzte Anruf aus Hamburg kam, war ihm unerklärlich.

»Hier ist Station VI des Hafenkrankenhauses«, hörte Herr Meyer. »Wir müssen Ihnen mitteilen, daß ein Herr v. Poltecky bei uns eingeliefert worden ist. Herr v. Poltecky hat uns gebeten, Ihnen zu sagen, daß er durch seine Erkrankung – es ist eine plötzliche Herzschwäche mit Kreislaufstörungen – erst in frühestens vierzehn Tagen wieder zum Dienst kommen kann. Ein Attest wird Ihnen zugeschickt.« Und ehe Herr Meyer etwas antworten konnte oder Fragen stellte, sagte die Stimme: »Guten Tag.« Dann schwieg der Apparat.

»In Hamburg!« sagte Herr Meyer verblüfft. »Und wieder eine Frau!« Er wußte dafür keine Erklärung mehr und trank einen Kognak zur Beruhigung.

Herwig Walker empfing Poltecky mit ausgestreckten Armen, als dieser drei Tage später im Büro der Astoria-Film erschien. Er hielt seine Aktenmappe eng an sich gedrückt, als habe er Angst, man könne sie ihm wegreißen. Walker schielte auf diese Tasche, als er Poltecky zu einem der Sessel führte und ihn in die Polster drückte.

»Wir könnten noch in dieser Woche anfangen«, sagte er und reichte eine Kiste Zigarren zu Poltecky. »Die Finanzierung ist soweit klar. Schade, daß Sie nicht mit eingestiegen sind.«

»Wieso bin ich nicht mit eingestiegen?« Poltecky setzte die Aktentasche vorsichtig auf den Boden. »Wir haben noch nicht endgültig darüber gesprochen.«

»Ich dachte, Sie hätten die Mittel nicht.« Walker stieß den Rauch seiner Zigarre gegen die Decke. Er blies kunstvolle Kringel und sah ihnen nach, wie sie zur Decke stiegen. »Unser Finanzplan ist abgeschlossen.«

»Aber ich habe das Geld ja bei mir!« rief Poltecky entsetzt. »Hier!« Er öffnete seine Aktentasche und nahm ein Bündel Hundertmarkscheine heraus. »Sogar in bar! 14 000 Mark!«

»In bar!« Herwig Walker legte seine Zigarre in den Aschenbecher zurück. »Es tut mir aufrichtig leid«, sagte er gedehnt.

»Aber das ist doch nicht Ihr Ernst«, stotterte Poltecky. »Ich habe alles versucht, um dieses Geld zu bekommen. Ich habe ...« Er schluckte. Drei Frauen habe ich für dieses Geld auf mich genommen, dachte er. Ich habe meinen Charakter verloren, meine Moral, meinen Beruf als Drogist. Ich habe gemein gehandelt. Ich bin ein Schwein geworden – und jetzt will er das Geld nicht einmal haben!

»Ich kann nicht alles wieder umwerfen«, sagte Walker. Er hatte seine dicke Hand auf das Bündel Hundertmarkscheine gelegt und spielte mit den Fingern an den einzelnen Blättern. »Wenn auch 14 000 Mark eine Bereicherung sind – sie sind ja nur ein Bruchteil der Kosten! Das halbe Honorar eines zweitklassigen Stars! Aber immerhin.«

»Versuchen Sie, das Geld irgendwie einzubauen. Ich bitte Sie darum, Herr Direktor!« Poltecky griff in die Aktentasche und holte weitere Geldpäckchen heraus. Er stapelte sie vor Walker auf den Schreibtisch. Schön ausgerichtet – eine Kolonne blauer Scheine. »Sie können mir diese große Chance nicht wieder nehmen.«

»Es ist zu spät, lieber Dichter.«

Poltecky wischte sich den Schweiß von der Stirn. Er fühlte, wie er in seinem Anzug schwamm und ihm der Schweiß den Rücken hinablief, als sei in seinem Nacken ein Kran aufgedreht worden.

»Wenn Sie wüßten was ich alles getan habe, um dieses Geld zu bekommen! Sogar heiraten werde ich dafür.«

»Das ist allerdings ein überzeugendes Opfer.« Walker öffnete seine Tischschublade und schob mit einer Armbewegung die Geldbündel hinein. »Kommen Sie übermorgen wieder. Wir machen dann unter Aufsicht eines Notars den Vertrag. Mit Prozenten – das geht nun nicht mehr. Aber wir können festlegen, daß Sie bei einem Erfolg, der 25 Prozent über normal liegt, das Dreifache Ihres Einsatzes als Prämie bekommen. Einverstanden, Herr v. Poltecky?«

»Sie machen mich glücklich, Herr Direktor.«

Walker beugte sich vor und drückte Poltecky herzhaft die Hand. »Ich gebe dem Nachwuchs immer eine Chance«, sagte er mit großer Geste. Er verschloß die Schublade und steckte den Schlüssel in seine Westentasche. »So – und nun fahren wir hinaus nach Sülldorf ins Atelier. Bretschnider übt die ersten Szenen in den Kulissen. Sie kommen doch mit, Poltecky?«

»Aber gerne, Herr Direktor.«

Im Atelier geschah es dann.

Es kam so plötzlich, daß Poltecky hinterher nicht mehr wußte, wie es geschehen war.

Walker, Bretschnider und er kletterten eine Eisentreppe in der Halle empor, um von oben, der Beleuchterbrücke, auf die Kulisse hinunterzusehen und die Szene auszuleuchten. Dabei stolperte Walker plötzlich und rutschte zwei Stufen von der Eisentreppe ab. Poltecky, der nach ihm emporkletterte, bekam einen Tritt auf den Kopf, ließ das Geländer los und rutschte die Eisentreppe hinab bis auf den Betonboden der Halle.

»Aufhalten!« hörte er Bretschnider noch brüllen. »Greifen Sie zur Seite!« Aber ehe er begriff, was ihm zugerufen wurde, schlug er schon auf dem Boden auf und blieb benommen liegen.

Walker und Bretschnider polterten die Treppe herab.

»Sauerei!« brüllte Walker. »Wer hat die Treppe gebohnert? Seit wann wachst man Eisentreppen ein? Wer war der Idiot?!«

Er rannte zu Poltecky und wollte ihn auf die Beine stellen. Ein wahnsinniger Schmerz, der seinen ganzen Körper durchzuckte, ließ Poltecky aus seiner Benommenheit erwachen.

»Mein Bein!« schrie er. »Oh – mein Bein!« Er knickte in den Armen Walkers ein und mußte von dem herbeispringenden Bretschnider gehalten werden, um nicht wieder auf den Boden zu fallen.

»Was ist mit Ihrem Bein?« stammelte Walker. Dann wandte er sich an die paar Arbeiter, die herumstanden, und brüllte: »Einen Arzt! Schnell! Glotzt nicht so dämlich! Er hat etwas am Bein!«

»Ich kann es nicht mehr bewegen ...« Poltecky sah auf sein linkes Bein. Er versuchte aufzutreten, aber ein neuer, stechender Schmerz ließ sein Gesicht zu einer Fratze werden. Stöhnend hing er in den Armen Bretschniders und Walkers. »Es ist gebrochen – es ist bestimmt gebrochen.«

»Wo bleibt der Arzt?« schrie Walker.

»Er wird gleich kommen. Auch ein Krankenwagen ist unterwegs. Vom Rissener Krankenhaus. Ist ja keine vierhundert Meter entfernt.«

Eine Viertelstunde später wurde Poltecky auf einer Bahre in den Krankenwagen geschoben. Im Krankenhaus erwarteten ihn bereits die Röntgenschwester und der diensttuende Assistenzarzt. Der betastete das Bein und nickte. »Unterschenkelfraktur. Rufen Sie im Gipszimmer an, Schwester. Man soll alles vorbereiten.«

Nach zwei Stunden – Walker und Bretschnider hatten sich verabschiedet, da die Arbeiten weitergehen mußten – konnte Poltecky von seinem Bett aus telefonieren.

»Liebling«, sagte er. »Ich bin's.«

»Franzl!« Martinas Stimme war besorgt. »Wo bist du denn? Von wo rufst du an?«

»Aus dem Krankenhaus.« Poltecky seufzte. »Man soll eben den Teufel nicht an die Wand malen. Ich liege in Gips.«

»Ich komme sofort zu dir!«

»Rissener Krankenhaus. An der Sülldorfer Landstraße.

»Ich komme! Ich komme!«

Poltecky sah an die weiße Decke. Dann wanderte sein Blick zu dem Fenster, durch das die Frühlingssonne hereinflutete und das Muster der Gardine in wundersamen Kringeln auf die Bettdecke warf.

Ein Arzt kam ins Zimmer, gefolgt von einer jungen Schwester, die einen Stenogrammblock in den Händen hielt. Er setzte sich neben das Bett auf einen Hocker und reichte Poltecky die Hand.

»Dr. Peters. Ich hätte für den Unfallbericht gern noch einige Angaben von Ihnen. Sie sind eine Eisentreppe hinabgerutscht?«

»Ja.« Poltecky nickte. »Genau weiß ich nicht, wie es kam. Ich rutschte plötzlich ab und lag auf dem Betonboden. Wäre ich nicht gerutscht, sondern hintenüber gefallen ...« Er schwieg, weil der Gedanke ihn entsetzte. Dr. Peters schob die Unterlippe vor.

»Wie kamen Sie ins Rutschen? Eine Eisentreppe hat doch gerillte Sicherheitsstufen. Wurden Sie angestoßen?«

»Nein.«

»Wurden Sie schwindlig?«

»Nein.« Poltecky versuchte, sich an den Vorgang zu erinnern. Aber er kam nicht weit mit seinen Erinnerungen. Da war die Leiter, Walker kletterte vor ihm, er sah zurück auf die Kulisse – und dann fiel er plötzlich. »Ich glaube, irgendwie kam ich von den Stufen ab.«

»Merkwürdig.« Dr. Peters sah auf das Krankenblatt. »Wissen Sie, daß Sie eine Schwellung auf dem Kopf haben?«

»Ich bin auf den Boden gefallen.«

»Aber nicht mit dem Kopf zuerst. Die Schwellung ist aber oben an der Hirnschale. So, als sei ein harter Gegenstand auf Ihren Kopf gefallen.«

Poltecky hob die Hände und sah den Arzt in ehrlicher Verblüffung an. »Ich kann es mir nicht erklären.«

»Halten Sie es nicht für besser, wenn wir die Polizei hinzuziehen?«

»Die Polizei?« Polteckys Augen wurden groß. »Wozu denn die Polizei?«

Dr. Peters erhob sich von seinem Hocker und sah auf das gegipste, am Galgen hängende Bein. »Ich werde den Verdacht nicht los«, sagte er hart, »daß man Sie die Treppe hinabgestoßen hat.«

Nach vierzehn Tagen bekam Poltecky einen Gehgips, denn er sollte aus dem Krankenhaus entlassen werden. Er wurde bis zum Oberschenkel eingepackt und hatte das Gefühl, an seiner linken Seite drei Zentner mit sich herumzuschleppen.

»Damit soll man gehen können?« fragte er den gipsenden Assistenzarzt.

»Alles Gewohnheit. Nach drei Tagen laufen Sie damit einen Marathonlauf!«

Am dritten Tage nach dem Anlegen des neuen Gipses wanderte Poltecky auf den Fluren der Klinik und im Garten herum. Er trainierte, wenn es auch noch weh tat, um Martina zu überraschen. Er wollte ihr gemessenen Schrittes entgegenkommen, wenn sie am nächsten Nachmittag in die Klinik kam.

»Kann ich auch größere Strecken gehen?« fragte er den Oberarzt. »Über die Straße?«

»Das ist ja der Sinn des Gehgipses. Wenn Sie sich stark genug fühlen, wandern Sie hinaus in die frische Luft. In vier Tagen sollen Sie sowieso entlassen werden. Wir brauchen jedes Bett.«

Seinen ersten Ausflug unternahm Poltecky an diesem Tage in den Naturschutzpark von Sülldorf. Er besuchte das Atelier der Astoria-Film. Walker und Bretschnider hatten sich am nächsten Tage nach dem Unfall noch einmal in der Klinik gezeigt und ihm Zigaretten und ein paar Bücher über den Film gebracht – dann waren sie nicht mehr gekommen. »Wir drehen die ersten Einstellungen!« hatte Bretschnider beim Abschied gesagt. »Sobald Sie wieder wohlauf sind, rufen Sie uns bitte an! Wir kommen Sie dann abholen.«

Poltecky hatte nicht angerufen – er wollte Bretschnider überraschen. Er wollte auf einmal in der Dekoration stehen und sagen: »Kinder, da bin ich wieder! Mir geht's gut – wie geht's meinem Film?«

Als Poltecky das Dach der langen Halle hinter dem Birkenwäldchen auftauchen sah, klopfte sein Herz ungestümer.

Noch fünfzig Meter, dachte er und riß sich zusammen. Noch dreißig … Verdammt, nicht schlappmachen! Erst in der Halle kannst du dich hinsetzen. Noch zwanzig Meter …

Da blieb er stehen. Ein merkwürdiger Geruch flog mit dem leichten Frühlingswind zu ihm hin. Ein Geruch nach gekochter Wäsche, nach Waschpulver, nach heißer, feuchter Luft.

Noch zehn Meter – fünf … Er stand vor dem großen Tor, drückte die eiserne Klinke herunter und schob es einen Spalt auf. Eine Welle heißer Schwaden umwehte ihn, Wäschedampf und der merkwürdige brandig-süßliche Geruch mehrerer Heißmangeln.

In der langen Halle standen zehn große automatische Waschmaschinen. Körbe stapelten sich, nasse Wäsche wurde auf einem Transportband zum anderen Hallenende hinausgefahren, wo sie auf dem Rasen an langen Leinen aufgehängt wurde. Vier Heißmangeln rumorten, Mädchen mit weißen Hauben schleppten Körbe schmutziger Wäsche herbei – irgendwo zischte Dampf – dort stand eine Bügelmaschine, die Oberhemden automatisch bügelte und faltete.

Poltecky wischte sich den Schweiß von der Stirn. Die plötzliche feuchte Hitze nahm ihm fast den Atem. Ein Mädchen mit einer weißen Haube kam auf ihn zu und sah ihn freundlich an.

»Sie wünschen, mein Herr?«

»Was drehen Sie denn hier für eine Szene?« fragte Poltecky unsicher.

»Wie bitte?« Das Mädchen musterte Poltecky.

»Das steht doch nicht in meinem Drehbuch! Wo ist Herr Bretschnider? Oder ist das ein anderer Film?«

Das Mädchen drehte sich herum und wich einen Schritt zurück.

»Chefin!« schrie sie nach hinten in der Halle. »Chefin! Hier ist'n Verrückter! Kommen Sie schnell!«

Poltecky mußte sich an die Wand lehnen. Er spürte, wie er plötzlich weich in den Knien wurde. Nur der starre Gehgips hielt ihn aufrecht – wie eine Stange stützte er den Körper senkrecht. Das ist doch nicht möglich, sagte Poltecky sich vor. Das kann doch gar nicht möglich sein.

Er sah auf, als eine dicke Frau in einer nassen Schürze vor ihm stand und ihn mit einem Ausdruck von Mitleid betrachtete.

»Maria – bring einen Stuhl!« rief sie zu dem etwas abseits stehenden Mädchen. »Siehst du denn nicht, daß der Herr verletzt ist?« Sie trat an Poltecky heran und wollte ihn unter dem Arm stützen. Poltecky schüttelte den Kopf.

»Danke. Es geht schon wieder. Es war nur ein kurzer Schwächeanfall.« Er sah sich um und zeigte mit ausgestrecktem Arm um sich. »Was ist das hier?«

»Meine neue Großwäscherei. ›Der weiße Rabe‹! Der Name stammt von einem Werbefachmann. Ich find ihn dumm – aber bei den Frauen kommt er an!«

»Eine Großwäscherei?« Poltecky schloß die Augen. Nein, sagte er sich wieder. Nein! Es wird sich alles als harmlos herausstellen. Es muß sich als harmlos herausstellen. »Es ist also kein Film?«

»Wie kommen Sie auf Film?« Die Wäschereibesitzerin schüttelte den Kopf. »Ich habe die Halle vor zehn Tagen gemietet und eingerichtet. Der Makler sagte mir, sie stünde seit dem Kriege leer, weil man nicht wußte, ob sie wegen des Naturschutzparkes eines Tages doch abgerissen werden würde. Jetzt darf sie bestehen bleiben – und da habe ich sie gemietet!«

»Und das Filmatelier?« Poltecky schrie es heraus. »Ich habe doch selbst die Kameras gesehen! Ich habe mit dem Regisseur gesprochen! Sie haben die ersten Szenen gedreht. Ich habe das alles doch nicht geträumt!«

»Von all dem habe ich keine Ahnung. Als ich die Halle übernahm, war sie leer.« Die Wäschereibesitzerin griff Poltecky unter den Arm. Er schwankte und drückte den Rücken gegen die kalte, feuchte Wand, um nicht nach vorne hinzuschlagen. »Soll ich einen Wagen rufen?« fragte sie und sah sich nach Hilfe um.

»Bitte.« Er nickte und atmete ein paarmal tief, um den Druck, der auf seinem Herzen lag, loszuwerden. »Ein Taxi. Ich danke Ihnen.«

»Aber bitte.«

Während sich Poltecky auf den Stuhl setzte, den ein Mädchen brachte, rief die Wäschereibesitzerin ein Autotaxi an. Wortlos verließ Poltecky die Halle, als der Fahrer durch die Eisentür sah. Die Frau in der nassen Schürze sah ihm kopfschüttelnd nach.

Poltecky ließ sich nach Hamburg fahren, zum Büro der Astoria-Film. »Warten Sie bitte«, sagte er zu dem Chauffeur, als er sich mühsam aus dem Wagen rollte und mit seinem schweren Gehgips über den Asphalt krachte. »Ich brauche Sie noch.«

Schon an der Tür des 1. Stockwerkes sah Poltecky, daß die Astoria-Film hier nicht mehr die Geschäftsräume hatte. Ein anderes Schild war an die Türfüllung geschraubt. Peter Dallmayer, Makler und Hausverwaltung.

Poltecky schellte. Eine junge Stenotypistin machte ihm auf.

»Bitte«, sagte sie. Poltecky betrat den bekannten Flur. Es hatte sich nichts geändert, selbst die Möbel waren die gleichen, die Kokosläufer, die kleinen Sessel in der Wartediele, die Aktenrollschränke. Alles war da – nur Herwig Walker fehlte.

Peter Dallmayer kam aus seinem Büro. Er verbeugte sich knapp und musterte den Kunden. Keine große Sache, kalkulierte er. Vielleicht ein Wochenendhaus oder eine Hypothek. Oder 600 qm Gemüsegartenland am Stadtrand, gepachtet für fünf Jahre.

»Darf ich Sie bitten«, sagte er. Aber Poltecky hob die Hand.

»Bemühen Sie sich nicht, Herr Dallmayer. Ich komme nicht als Kunde.«

Das Gesicht Dallmayers wurde lang und ernst. Er schielte zu seiner Sekretärin und blinkerte mit den Augen.

»Ein Herr vom Finanzamt?« fragte er, krampfhaft fröhlich.

»Keine Angst.« Poltecky lächelte schwach. »Ich wollte nur eine kleine Auskunft von Ihnen. Seit wann haben Sie diese Büroräume?«

»Seit genau zehn Tagen. Warum fragen Sie?«

»Und wer war vor Ihnen in diesen Räumen?«

»Keine Ahnung! Ich habe durch Zufall das Schild gesehen: Zu vermieten! Nanu, dachte ich. Hier ist eine ganze Etage, und du als Makler weißt es nicht? – Und da sie mir gefiel, habe ich sie genommen. Ich habe nicht gefragt, wer vorher drin war.«

»Die Astoria-Film!« sagte Poltecky laut.

»Ausgeschlossen!« Herr Dallmayer lächelte mokant. »Ich habe das ganze Mobiliar, das dem Hauswirt gehört, mit übernommen. Glauben Sie, daß eine Filmfirma – bei ihrem Geld – in geliehenen Möbeln wohnt?«

»Nein. Sicher nicht. Entschuldigen Sie.« Poltecky wandte sich zur Tür und schlurfte hinaus. Sein Gehgips knallte noch lange die Treppe hinab – er mußte langsam gehen, weil er glaubte, keine Luft mehr zu bekommen.

Zitternd lehnte er sich unten an die Haustür und schloß die Augen.

Das ist das Ende, dachte er. Das schnelle Ende meines schriftstellerischen Abenteuers. Drei Frauen habe ich um ihr letztes erspartes Geld betrogen, drei Frauen habe ich die Ehe versprochen, um dieses Geld zu bekommen – und jetzt ist dieses Geld verloren, mir abgeschwindelt worden. Ich bin in einen Betrug gestolpert, ich, der ich selbst drei Frauen betrog!

14 000 DM! Weg, vertan, verschenkt an einen noch größeren Lumpen, als ich selbst es bin.

»Ich Idiot!« sagte er laut. »Oh, ich Idiot!«

»Das kann ich nicht beurteilen«, meinte eine Stimme neben ihm. Poltecky öffnete die Augen. Der Chauffeur sah ihn an, die Mütze hatte er in den Nacken geschoben. »Fahren wir weiter, oder ...« Er sah auf seinen Block, den er aus der Tasche zog. »Es sind bis jetzt 14,75 DM!«

»Kommen Sie.« Poltecky stieß sich von der Hauswand ab und humpelte zu dem Taxi. »Fahren Sie zur Polizei.«

»Zur Polizei?« Der Chauffeur schielte zu Poltecky. »Selbstanzeige?«

»Ich bin betrogen worden!« Poltecky ließ sich in die Polster fallen und zog das Gipsbein ächzend nach. »Fahren Sie zur Kriminalpolizei.«

»Zu Kriminal-Oberinspektor Baumann.«

»Von mir aus«, sagte Poltecky müde.

»Der ist der Leiter vom Betrugs-Dezernat. Wir Taxifahrer kennen die alle von der Kriminal.«

Poltecky schloß wieder die Augen. »Fahren Sie schon«, sagte er gequält. »Fahren Sie schnell!«

»Bitte die Akte Wulfert!« sagte Kriminal-Oberinspektor Baumann. Er saß Poltecky gegenüber und beobachtete mit einigem Mitleid, wie dieser das dritte Glas Kognak trank und versuchte, seinen Gedanken zu entfliehen.

»Was Sie mir da erzählen, ist eine Spezialität des Gauners. Komischerweise fallen immer noch welche darauf herein.«

»Ich habe geglaubt, die große Chance meines Lebens vor mir zu haben.« Poltecky trank das Glas leer. Seine Hand zitterte, als er es zurück auf den Tisch stellte. »Können Sie das nicht verstehen? Da schreibt man, Monat um Monat. Man schickt Hunderte Briefe weg, und mit jedem Brief geht ein Stück Sehnsucht hinaus: Vielleicht nimmt er es an. Vielleicht wird es gedruckt. Vielleicht ist einer unter den Hunderten, der sagt: Da haben wir einen Mann entdeckt, der schreiben kann! – Aber keiner ist da, der das sagt – sie kommen alle wieder zurück, die Briefe. Mit vorgedruckten Schreiben, auf denen eine in nette Worte gekleidete Lüge steht: ›Wegen Platzmangel – Thema schon gebracht – im Augenblick nicht gefragt –‹ Alle Briefe kommen zurück – Monat um Monat ... Und dann kommt ein Brief, ein dünner Brief mit wenigen Worten: ›Wir haben Ihren Filmentwurf gelesen ... Wir werden den Film drehen!‹ – Können Sie verstehen, daß man da verrückt vor Freude wird? Daß man durchdreht, daß man unlogisch wird, blind, dumm, kindisch? Daß man alles glaubt, alles – weil man ja auf einmal an seine große Chance glaubt.«

Kriminal-Oberinspektor Baumann schlug die Akte auf, die ihm ein junger Beamter hinreichte, und schob sie zu Poltecky.

Ein Foto lag oben auf. Poltecky nickte, als er das dicke Gesicht mit den Tränensäcken unter den Augen sah.

»Das ist er. Herwig Walker.«

»Eigentlich heißt er Hermann Wulfert. Vorbestraft mit vier Jahren Zuchthaus wegen Wechselbetrugs und Erpressung, drei Jahre Zuchthaus wegen betrügerischen Konkurs und Zeugenbedrohung, ein Jahr Zuchthaus wegen Meineids und Führens falscher Titel. Vor einem Jahr entlassen. Und nun ...« Baumann blätterte in den Schriftstücken. »Wissen Sie, der wievielte Betrogene Sie in diesem neuen Fall sind?«

»Es gibt noch mehr Idioten als mich?«

»Sie sind der dreiundvierzigste.« Baumann lächelte und setzte nach einer Pause hinzu »... Geprellte. Neben Ihnen stehen da Schlange: zwei Industrielle, eine kleine Privatbank, verschiedene Firmen für Optik und Filmbedarf, Handwerker und Arbeiter mit Lohnforderungen – im ganzen –«, er blätterte wieder herum »– sind es 346 000 DM, die Hermann Wulfert aus der Dummheit der Mitmenschen herausgezogen hat. Auch wenn wir ihn fangen – diese Summe kann er nie mehr zurückzahlen.«

»Mein Geld ist also verloren?«

»Rettungslos. Sie haben nur die Genugtuung, daß wir Wulfert für zehn Jahre einsperren und dann unter Sicherheitsverwahrung nehmen.«

»Das rettet mich nicht vor dem Ruin.«

Kriminal-Oberinspektor Baumann schenkte noch ein Glas Kognak ein. »Trinken Sie«, sagte er fast väterlich. »Das Leben wird schon noch weitergehen. Es geht immer alles weiter.«

»Nicht bei mir.« Poltecky erhob sich. Er sah noch einmal auf das Foto mit dem dicken, grinsenden Kopf. Wie konnte ich nur so blind sein, dachte er. Aber auch Martina hat es nicht gemerkt. Auch ihr kritischer Verstand hatte versagt. Ihre Menschenkenntnis, ihre Psychologie, ihre Physiognomie-Theorie von Lombroso.

»Sie werden mich benachrichtigen, wenn Sie Walker haben?« fragte er leise.

»Selbstverständlich. Schon wegen der Konfrontation. Ihre Anschrift haben wir ja.«

»Ob sie dann noch gültig ist, weiß ich nicht. Ich teile Ihnen jeweils mit, wo ich mich aufhalte. Vielleicht ziehe ich zurück nach Köln.«

Wieder auf der lärmenden Straße, entlohnte er den Taxichauffeur und humpelte mit seinem schweren Gehgips zu Fuß weiter. Er überquerte den Karl-Muck-Platz und den Gorch-Fock-Wall, schleppte sich durch die Wallanlagen und sah hinüber zum Strafjustizgebäude und den großen Blökken des Untersuchungsgefängnisses, die jenseits der Anlagen drohend und dunkel gegen den blauen Frühlingshimmel standen.

In den Anlagen setzte er sich auf eine Bank und wußte nicht mehr, was er tun sollte.

Es war unmöglich, daß Martina die Wahrheit erfuhr. Sie hatte in langen Jahren siebentausend Mark gespart – Mark nach Mark hatte sie von ihrem Gehalt zurückgelegt und in die Bausparkasse eingezahlt. »Ich wollte mir mit diesem

Geld und den Hypotheken ein schönes, kleines Haus bauen«, hatte sie gesagt, als sie ihm das Geld auf den Tisch legte. »Aber wenn es jetzt arbeitet und soviel Zinsen bringt, können wir in zwei Jahren ein schöneres und größeres Haus bauen – ohne Hypotheken. Ich weiß, daß du es schaffen wirst.«

Er hatte es geschafft – das Geld war verloren. Nie würde Martina das begreifen, und wenn sie ihm verzieh, wenn sie aus ihrer Liebe die Kraft fand, wieder von vorn zu beginnen – sie würde nie verstehen, daß in Bad Godesberg und in Fulda noch zwei Mädchen warteten und daran glaubten, in Kürze eine glückliche Ehefrau zu sein. Mädchen, die wie Martina ihr sauer gespartes Geld für die Illusion hingaben, den Geliebten als berühmten Filmautor zu sehen. Und auch Erna würde nicht verstehen, daß in Hamburg – und Carola würde nicht verstehen, daß in Bad Godesberg ... Keiner würde ihn verstehen, sondern jeder würde ihn einen Lumpen nennen, einen Heiratsschwindler, einen Hasardeur, einen Schuft.

»Was soll ich tun?« fragte sich Poltecky. Er saß allein auf der Bank und sah auf sein Gipsbein.

Ich werde sie weiter betrügen müssen, dachte er. Bleibt mir eine andere Wahl? Ich werde das schreckliche Spiel mit ihren Herzen weiterspielen müssen, ich werde lieb zu ihnen sein, ich werde ihnen erzählen von den Dreharbeiten, von den Stars, von den Ateliergeflüstern – ich werde ihnen Liebe versprechen und geben und sie mit Worten und Küssen betäuben müssen, damit sie nicht mehr an das Geld denken, sondern nur an ihre Liebe. Wie gemein, wie niederträchtig – und doch die einzige Möglichkeit, Zeit zu gewinnen.

Zeit! Was bedeutete Zeit? Was sollte er tun, wenn drei oder vier oder fünf Monate vorüber waren? Wo sollte er vierzehntausend Mark herbekommen, um mit ihrer Rückgabe die Wahrheit zu gestehen. Oder auch nur siebentausend Mark, wenn er Martina heiratete und Erna und Carola enttäuschen mußte?

Ein Gedanke durchzuckte sein Gehirn. Poltecky stand auf. Er nahm sein Gipsbein und stellte es gerade. Der Gedanke war verrückt wie alles, was in den letzten Wochen durch seine Gehirnwindungen gelaufen war.

Poltecky humpelte wieder durch die Wallanlagen zum Gorch-Fock-Wall und winkte einem Taxi. Mit ihm fuhr er in die Altstadt und hinüber zur Innenalster und stand eine Zeitlang vor den Auslagen eines großen Fotoateliers auf dem Ballindamm.

Porträts von Filmstars, Industrieaufnahmen, Landschaften, Hochzeitsbilder, Kinderköpfe, Fotomontagen. Poltecky zögerte ein wenig, ehe er die Klinke der Glastür niederdrückte und in den weiträumigen Laden trat. Ein sehr eleganter junger Mann kam auf ihn zu und begrüßte ihn wie einen König.

»Ein Porträt, der Herr?«

»Nein.« Poltecky setzte sich und streckte sein Gipsbein von sich. »Ich komme mit einem – nennen Sie es ruhig – verrückten Auftrag zu ihnen. Es handelt sich um Fotomontagen.«

»Fotomontagen sind eine Spezialität unseres Hauses.«

»Ich zweifle nicht daran. Aber Sie werden verwundert sein, wenn Sie erfahren, was und wie Sie montieren sollen. Also –« Poltecky atmete tief. Mut, sagte er sich vor. Nur Mut! »Ich habe mir gedacht, daß Sie folgendes herstellen, in der Größe von 15 mal 18 Zentimeter: die Schauspieler Peter Dahms, Erika Lowett, Franco Bendi und Julia Gringo einmal hineinkopiert in die Kulisse des Siebengebirges am Rhein, einmal an der Küste und einmal vor der Fassade eines Herrenhauses.«

Der Fotograf zog die Augenbrauen hoch. Es war der einzige sichtbare Ausdruck seiner Verwunderung.

»Hm«, sagte er. »Darf ich fragen …«

»Sie wundern sich.« Poltecky nickte mehrmals. »Ich habe es Ihnen im voraus gesagt. Sie halten mich für ein wenig geistesgestört. Aber es ist ein Scherz, nur ein simpler Scherz für einen Bekannten. Ich lasse ihn mir etwas kosten, wenn die Bilder so natürlich sind, als hätte man sie wirklich an den Orten mit den Schauspielern aufgenommen. Und noch etwas: Ich brauche die Fotos in drei Tagen – spätestens.«

»Das ist ein wenig knapp, mein Herr.« Der Fotograf sah auf seine Hände. »Außerdem weiß ich nicht, ob diese Montagen gestattet sind. Es könnte Unfug damit gemacht werden – verstehen Sie mich recht. Wenn die Montagen in die Presse kommen ...«

»Ich unterschreibe Ihnen eine Erklärung, daß die Aufnahmen nur zum privaten Gebrauch verwendet werden.«

»Wir wollen versuchen, Sie zufriedenzustellen. Wo dürfen wir die Aufnahmen hinschicken?«

»Rissener Krankenhaus, draußen in Blankenese. Unfallstation. Franz v. Poltecky.«

»Sehr wohl.« Der Fotograf verbeugte sich tiefer. »Sie werden zufrieden sein, Herr Baron.« Der Fotograf notierte sich den Auftrag und sah dabei zu Poltecky hinüber. Soll man eine Anzahlung nehmen, dachte er. Er sieht nicht aus wie ein Krösus – aber er liegt in Blankenese im Krankenhaus und ist ein »von«. Er könnte tief beleidigt werden, wenn ich eine Anzahlung verlange.

Der Fotograf beschloß, auf diese Sicherheitsmaßnahme zu verzichten. Das Gipsbein war Beweis genug, daß Herr v. Poltecky einen Unfall gehabt hatte und sich in ärztlicher Behandlung befand. »Ich werde einen Lehrling hinausschicken«, sagte er. »Übermorgen.«

»Am besten vormittags. Nachmittags bin ich zum Gehtraining im Park.«

»Wie Sie wünschen, Herr Baron.«

Der Fotograf hielt die Glastür auf, als Poltecky den Laden verließ.

An diesem Tage hatte Poltecky noch eine kleine Auseinandersetzung mit dem Oberarzt der Klinik. Als er nämlich in sein Zimmer zurückkam, fand er dort ein abgezogenes Bett vor und zwei Mädchen, die das Zimmer mit Sagrotanlösung putzten und den Boden schrubbten.

»Was ist denn hier los?« fragte er und setzte sich auf das abgezogene Bett.

»Sie sind doch aus dem Krankenhaus entlassen«, erklärte eines, der Mädchen. »Schwester Euralia sagte, wir könnten das Zimmer putzen zur Neubelegung.«

»Her mit Schwester Euralia!« schrie Poltecky. »Man kann mich doch nicht einfach aus dem Bett werfen! Her mit der Haube!«

Die Mädchen liefen aus dem Zimmer und warfen die Tür hinter sich zu. Poltecky faßte sein Gipsbein, legte es auf die Matratzen und schob dann seinen Körper nach. So lag er auf dem nicht bezogenen Bett, als statt Schwester Euralia der Oberarzt hereinkam.

»Was ist denn los?« fragte er ein bißchen grob. »Sie bringen die ganze Station durcheinander.«

»Ich?« Poltecky richtete sich auf den Ellenbogen auf. »Wer bringt durcheinander? Ihre Euralia! Sie zieht mir das Bettuch unter dem Gesäß weg.«

»Nana ...« Der Oberarzt drückte die Tür zu und lehnte sich dagegen. »Es geschah auf meine Anordnung. Sie sind nicht mehr stationär zu behandeln. Sie können heute entlassen werden.«

»Aber ich will nicht!« schrie Poltecky. »Ich bleibe noch drei Tage!«

»Wir brauchen jedes Bett. Die Frühjahrs-Grippewelle zwingt uns zu Maßnahmen ...«

Poltecky wischte mit der Hand durch die Luft. »Mich interessiert nicht, was Sie zwingt! Ich brauche noch drei Tage Klinikaufenthalt – ich bezahle dafür. Und ich bleibe hier liegen! Sie müßten schon das Bett mit mir darauf aus dem Fenster werfen! Ich gehe nicht – erst in drei Tagen!«

»Aber warum denn?« rief der Oberarzt. »Sie sind gesund. In vier Wochen nehmen wir den Gips ab – das ist die einzige ärztliche Handlung, die noch zu tun ist. Ich kann Sie nach den Statuten der Klinik nicht länger ...«

»Ihre Statuten können mich kreuzweise!« schrie Poltecky. »Ich habe meine Gründe, noch drei Tage hierzubleiben. Sie können machen, was Sie wollen: Ich bleibe! Sie bekommen mich nur mit Gewalt hier heraus. Und ich glaube nicht, daß ein Arzt an seinem Patienten eine Körperverletzung begeht!«

Der Oberarzt hob hilflos die Arme. »Dann stehen Sie wenigstens auf, damit wir an das Bett können.«

»Ich bleibe liegen«, sagte Poltecky stur. »Drei Tage müssen Sie mich noch ertragen!«

Als Martina am Nachmittag kam, war alles wie zuvor. Der Tisch stand wieder am Fenster, Poltecky lag im Bett und las die Tageszeitung, das Zimmerradio spielte, und auf dem Beitisch stand eine Flasche Bier.

»Was machen deine Gehübungen?« fragte Martina und küßte Poltecky auf die Augen und den Mund.

»Es geht langsam, Liebes. So langsam. Heute bin ich schon dreißig Schritte gelaufen.«

»Na siehst du – es wird schon werden. Nur Geduld.«

Poltecky nickte. »Nur Geduld – du hast recht. In drei Tagen soll ich entlassen werden.«

»Das ist ja wunderbar.« Martina setzte sich auf die Bettkante. »Dann kommst du in meine Pflege. Du sollst sehen, in einer Woche kannst du laufen wie ein Wiesel. Wir werden jeden Tag eisern trainieren.«

Poltecky nickte.

»Franzl?«

Poltecky drehte den Kopf zu Martina. »Ja?«

»Ich muß nächste Woche drei Tage zu einem Lehrgang. Es läßt sich nicht verschieben.«

»Ich werde diese drei Tage schon allein auskommen.« Er lächelte und streichelte ihren Arm. Ich liebe sie wirklich, durchfuhr es ihn. Immer mehr fühle ich es. »Ich habe doch eine lange Junggesellenpraxis«, scherzte er.

»Für diese drei Tage erlaube ich dir aber nur das Kochen und Trinken aus dieser Praxis.« Sie drohte mit dem Finger. »Weiter nichts.«

In der folgenden Nacht schlief Poltecky nicht. Er war aus seinem Bett geklettert und stampfte mit seinem schweren Gehgips im Zimmer hin und her. Später stand er am Fenster und sah hinaus in den nächtlichen Krankenhausgarten. Er lehnte den heißen Kopf gegen die Fensterscheibe.

Was sollte er tun? Immer wieder kreisten seine Gedanken um diese sinnlose und unlösbare Frage: Was tun? Martina alles gestehen? Er schauderte davor zurück. So stark ist keine Liebe, um dies zu verzeihen. Erna und Carola schreiben, wie es um ihn stand? Die einzige, die ihn vielleicht verstehen könnte, wäre Erna Vorwerck.

Hinter ihm klappte leise die Tür. Die Nachtschwester sah ins Zimmer. »Ist Ihnen unwohl, Herr v. Poltecky?«

Poltecky schüttelte den Kopf. »Ich kann nicht schlafen, Schwester.«

»Wollen Sie eine Schlaftablette?«

»Nein, danke.« Poltecky lächelte traurig. »Gegen diese Schlaflosigkeit helfen keine Tabletten. Ich muß so mit ihr fertig werden. Ich danke Ihnen, Schwester.«

Die Schwester ging. Poltecky lehnte den Kopf wieder gegen die kalte Scheibe. Man sollte nach Godesberg fahren und Erna um Rat fragen, dachte er.

Bis zum Morgen lief er im Zimmer auf und ab, starrte hinaus in den Garten und legte sich erst hin, als der Himmel im Osten fahl wurde, streifig, durchzogen mit goldenen und roten Fäden.

Die Fahrt nach Godesberg war beschlossen. Poltecky legte sich erschöpft in die Kissen. Er schlief fest, als der Lehrling des Fotogeschäftes kam und die bestellten Fotomontagen ablieferte. Die Stationsschwester mußte ihn wecken, weil der Lehrling den Auftrag hatte, die Bilder nur gegen sofortige Bezahlung abzuliefern.

Poltecky bezahlte den – wie er meinte – verrückt hohen Betrag, aber er freute sich, daß der Auftrag so überraschend schnell erledigt worden war, und gab dem Lehrling noch ein Trinkgeld. Dann lag er in der Sonne und betrachtete die Fotos. Sie waren so verblüffend echt, daß Poltecky fast selbst glaubte, sie seien an Rhein, Elbe und vor dem Herrenhaus aufgenommen.

Martina, die sie am Nachmittag sah, war voller Begeisterung. »Welch eine Besetzung!« rief sie und umarmte Poltecky stürmisch. »Ich bin ja so glücklich!«

»Walker brachte mir die Bilder selbst.« Poltecky ließ sich küssen und spürte bei jedem Kuß einen Stich in der Brust. Betrug – Betrug – Betrug ... »Er meinte, der Film bräche alle Kassenrekorde«, log er mühsam weiter. »Allerdings wären da noch einige Drehbuchänderungen, die am Drehort den dort vorhandenen Zuständen anzupassen seien. Er schlug mir vor, zu den Außenaufnahmen an den Rhein zu fahren. Nach Königswinter.«

»Mit deinem Gipsbein? Das ist doch unmöglich!«

»Ich habe fleißig geübt. Es geht schon ganz gut.« Poltecky machte einige schnelle Schritte durch das Zimmer. Es krachte zwar gewaltig, aber es überzeugte Martina. »Außerdem wäre es zu der Zeit, in der du durch den Lehrgang sowieso nicht in Hamburg bist. In Königswinter aber, im Hotel, kann ich mich ebenso schonen wie hier. Und – ich brauche nicht einmal selbst zu kochen ...«

Eine Woche später fuhr Franz v. Poltecky an den Rhein. Er hatte Erna Vorwerck einen Tag vorher angerufen und sie überhaupt nicht zu Wort kommen lassen. »Ich erzähle alles persönlich, Erna. Frage nicht, schimpfe nicht – erwarte mich morgen! Und nimm ein Herzmittel ein oder betrink dich vorher. Was du zu hören bekommst, ist wert, mich einfach zu erschlagen.«

In Bad Godesberg fand er die Wohnung Erna Vorwercks verschlossen. Nur ein Schildchen, mit Schreibmaschine geschrieben, klebte an der Tür.

»Bitte nachfragen bei Prof. Dr. Bolker.«

Poltecky ging die Treppe hinab und schellte an der hohen Eichentür. Ein Hausmädchen in weißer Schürze öffnete die Tür einen Spalt und sah auf den Flur.

»Bitte?«

»Oben bei Fräulein Vorwerck klebt ein Zettel an der Tür. Ich soll mich hier melden.«

»Sind Sie Franz Schuster?«

»Ja. Der Vetter von Fräulein Vorwerck.«

»Haben Sie einen Ausweis?«

»Warum denn das?«

»Es kann ja jeder kommen und sagen, er sei Franz Schuster. Wenn Sie's nämlich sind, bekommen Sie von mir den Schlüssel von der Wohnung.«

Poltecky nahm seine Brieftasche aus dem Rock und nestelte seinen Personalausweis hervor. Er hielt ihn dem Mädchen unter die Augen. »Bitte!« sagte er.

Das Mädchen musterte Poltecky und verschwand aus dem Türspalt. Irgendwo klapperte es, dann streckte sie die Hand in den Flur und ließ den Schlüssel zu Erna Vorwercks Wohnung in Polteckys Hand fallen.

Als Poltecky die Treppe wieder hinaufstieg, ahnte er, daß sie ihm nachsah. Erst als er die Tür aufschloß, hörte er unten die schwere Eichentür zuklappen.

In Ernas Wohnung hatte sich nichts verändert. Sie roch nach Parfüm und Kognak, frischem Flieder und nasser Blumenerde. Auf dem Couchtisch standen eine Flasche Dreistern, ein Teller mit belegten Brötchen und eine Kanne Kaffee unter einem Kaffeewärmer. Wie bei Martina, durchfuhr es Poltecky. Irgendwie gleichen sich doch alle Frauen, so verschieden sie auch sein mögen.

Er setzte sich auf die Couch, goß sich einen Kognak ein und entdeckte den Zettel, der an den Kaffeewärmer gelehnt war.

»Liebster ...«

Poltecky verzog das Gesicht. Er kam sich vor, als lese er sein Todesurteil. Auch sie wird es nicht begreifen, dachte er erschrocken. Dieses »Liebster« beweist es. Sie glaubt an unsere Liebe! Etwas Panik überfiel ihn.

»Trink Kaffee und iß die Brötchen. Ich komme um 12 Uhr nach Hause Ich bin auf alles gefaßt. Erna.«

Nachdenklich legte Poltecky den Zettel wieder zurück neben den Kaffeewärmer und setzte sich.

Das Schreiben klingt gar nicht so hoffnungsvoll, dachte er. Im Gegenteil. Sie ahnt etwas sehr Aufregendes und stellt sich innerlich darauf ein. Das ist gut.

Er frühstückte ausgiebig, wuchtete sein Gipsbein dann auf die Couch, legte sich hin und war trotz der Zeitung, die er zu lesen begonnen hatte, bald eingeschlafen.

So traf ihn Erna Vorwerck an, als sie um zwölf Uhr die Wohnung betrat. Sie räumte leise das Geschirr weg zog sich in dem kleinen Bad um und setzte Wasser für die

Brühwürstchen auf, die sie als Mittagessen mitgebracht hatte.

Das Summen des Wassers im Topf weckte Poltecky auf. Er sah, wie Erna ihre Tasche auspackte. Eine Salamiwurst, zwei Büchsen, Butter, eine Flasche Wein, geschnittenes Brot, ein Gläschen mit Oliven, Tomaten …

»Erna«, sagte er fast kläglich.

Sie fuhr herum und ließ das Butterpaket fallen, das sie gerade auspackte.

»Franz! Du bist wach?« Sie kam auf ihn zugelaufen und drückte ihn an den Schultern auf die Couch zurück, als er mühsam aufstehen wollte. »Bleib doch liegen. Ruh dich aus. Was hast du denn mit deinem Bein gemacht? Hast du einen Unfall gehabt? Ist es das, was du mir sagen wolltest? Du bleibst natürlich hier, bis du ausgeheilt bist. Ich werde dich sofort zum Venusberg in die Universitätsklinik bringen. Du brauchst gar keine Sorge zu haben. Ich werde …«

Poltecky hob die Hand und legte sie Erna fest auf den Mund. »Du wirst einmal ganz still sein, Erna. Du wirst nichts tun, als mir zuhören. Und dann wirst du die Tür öffnen und mich hinauswerfen.« Er drückte die Hand fester auf ihren Mund, als sie etwas antworten wollte. »Nein, nein – sag jetzt nichts. Ich weiß, daß du es tun wirst. Und du wirst recht haben ! Ich werde es dir nicht übelnehmen. Ich bin ein ganz erbärmlicher Schuft, ein Lump.«

Erna zuckte mit dem Kopf zurück und kam damit von seiner Hand frei. »Was redest du da für eine Dummheit? Du machst mich ganz ängstlich.«

»Du hast Grund, nicht ängstlich, sondern wütend zu sein.«

»Wegen eines Gipsbeines, Franz?«

»Das ist doch nur eine Lappalie gegen das, was dich erwartet.« Poltecky setzte sich doch hoch und wuchtete sein Gipsbein auf den Boden. Erna Vorwerck starrte ihn an. In ihren Augen lag ehrliche Angst. Nervös nestelte sie an ihrem Kleid und spielte dann mit dem Zettel.

»Ist was mit dem Geld, Franz?« fragte sie plötzlich ahnungsvoll.

»Erna.« Poltecky schluckte. Er holte tief Atem. Ihm fehlte

der Mut, das zu sagen, was er sich in den langen Stunden der nächtlichen Bahnfahrt von Hamburg nach Bonn immer wieder vorgesagt hatte.

»Hast du das Geld verspielt? Warst du in Neuenahr oder in Timmendorf?« Erna Vorwerck zerknüllte den Zettel. Ihre Finger waren weiß. »Sag es ruhig, Franz. Hast du das Geld verspielt?«

»Nein.« Poltecky schüttelte den Kopf.

»Verloren?«

»Nein.«

»In Hamburg mit anderen Frauen durchgebracht?« Erna stockten die Worte in der Kehle. Der Gedanke, daß ihre ganzen Ersparnisse auf einer Vergnügungsstraße geblieben waren, nahm ihr fast den Atem. »Hast du mit anderen Frauen – Franz – so sag doch endlich etwas!« schrie sie plötzlich. Politeckys Kopf zuckte hoch.

»Das ist der richtige Ton«, sagte er leise. »Schreie, Erna, tobe – das macht es mir leichter, alles zu sagen. Aber ich kann es nicht, wenn du duldsam und sanft bist. Schrei mich an! Sag zu mir: Du Schuft!«

»Wo ist das Geld?« fragte Erna tonlos.

»Man hat es mir abgegaunert.«

»Abge … Wie soll ich das verstehen?«

»Die Filmgesellschaft war ein Schwindelgeschäft. Als sie meine 14 000 Mark hatten, verschwanden die Lumpen spurlos.«

»4 000 Mark!« sagte Erna dumpf.

»14 000! Das ist es ja.« Poltecky bedeckte die Augen mit beiden Händen. »Ich kann es einfach nicht sagen, Erna. Ich schäme mich, solch ein Schuft zu sein.«

Erna Vorwerck erbleichte und klammerte sich an dem Bücherregal fest, das neben der Couch an der Wand befestigt war. »Du – du – hast die 10 000 Mark … Nein !« sagte sie tonlos. »Ich kann es nicht glauben. Sag, daß es nicht wahr ist. Du hast die anderen 10 000 Mark gestohlen – unterschlagen? Das hast du doch nicht getan, Franz! Das kann doch nicht wahr sein!«

Poltecky schüttelte wieder den Kopf. »Viel schlimmer«, sagte er. Erna Vorwerck setzte sich.

»Schlimmeres – gibt – es – doch – nicht ...« stammelte sie. »Was hast du getan?«

»Ich habe – habe das Geld von drei Frauen bekommen. Von einer Carola in Fulda – einer Martina in Hamburg und – und – von dir ... Und allen habe ich gesagt, daß ich sie ...« Er sah weg, weil sich Ernas Augen unnatürlich weiteten. »Jetzt kannst du mich schlagen – ich halte still! Du kannst die Polizei anrufen – ich laufe nicht fort. Du kannst mich umbringen – es wäre eine Erlösung für mich!« Sein Kopf fuhr herum. Sie saß erstarrt, wie eine Wachspuppe, auf dem Stuhl, fahl und blutlos. »Aber ich schwöre dir: Ich habe es nur getan, um die einzige, die größte Chance meines Lebens zu ergreifen. Ich wollte alles zurückzahlen, wenn ich es geschafft hatte. Ich wollte keinen betrügen ... Ich habe nur eine kurze Zeitlang daran geglaubt, daß man mir eine ehrliche Gelegenheit gibt, mich durchzusetzen.« Er hob beide Arme und ließ sie an den Körper zurückfallen, hilflos und müde. »Nun bin ich selbst betrogen worden – das Geld ist fort – und ich bin ein Lump geworden. Mir ist nichts geblieben als dein Verzeihen.«

»Und – und – die anderen Frauen?«

»Sie wissen noch nichts.«

»Warum hast du es ihnen nicht gesagt? Warum kommst du gerade zu mir?«

»Weil du meine Cousine bist. Du wirst mich am ehesten verstehen, dachte ich.«

Erna Vorwerck sah zur Seite. Ein bitteres Lächeln zitterte über ihre Lippen.

»Ich habe gehofft, du sagst: Weil ich dich von allen Frauen wirklich liebe ... Nun sind wir bloß Verwandte.«

»Erna!« Poltecky sprang auf, aber Erna Vorwerck winkte ab.

»Laß das, Franz. Heuchle keine Gefühle. Ich weiß jetzt, wie es um uns steht. Es kam nur ein bißchen zu plötzlich. Es ist wie ein Faustschlag, wie ein eiskalter Guß ... Ich muß es erst verdauen, Franz.«

»Was soll ich tun?« Poltecky schlug die Hände vor die Augen. »Weißt du einen Rat? Kannst du irgendwie helfen?«

»Geh zu den anderen Frauen und sage ihnen, was du mir gestanden hast.«

»Ich habe Angst. Einfach hündische Angst.«

»Wenn sie dich lieben.«

»Wie kann mich noch jemand lieben, dem ich sage: ›Ich habe dich um alle deine Ersparnisse betrogen. Bewußt betrogen!‹«

»Aber bei mir setzt du es voraus?«

»Als meine Cousine ...«

»Hör davon auf!« schrie Erna plötzlich. »Ich bin auch eine Frau! Eine Frau, die liebte – und weiter nichts!« Eine Frau wie die anderen Frauen, vor denen du Angst hast!« Sie sprang auf und stellte sich vor ihm hin. »Sieh mich an: Bin ich keine Frau?«

»Du bist schöner als sie alle«, sagte er dumpf.

»Heuchler! Nichts liegt dir an mir!«

»Du bist ...«

»Sag nicht: Cousine!« rief sie schrill. »Ich kann dieses Wort nicht mehr von dir hören! Ich war eine Frau, die dich wirklich liebte. Ich habe beim Auswärtigen Amt um ein Heiratsdarlehen gebeten, ich habe mit meinem Chef gesprochen wegen Urlaub, ich habe alles getan, um glücklich zu werden – mit dir glücklich zu werden. Sogar eine Wohnung in Mehlem sollten wir bekommen, eine richtige, kleine, süße Wohnung für ein junges, sinnlos verliebtes Ehepaar ... Und jetzt sitzt du hier und sagst mir: Du bist nur meine Cousine, und zu allem auch noch eine Cousine, die ich um 4000 Mark betrogen habe! Mein Gott – was soll ich mit dir tun?«

»Erna!« sagte Poltecky mühsam. »Ich – ich ...«

»Stammeln ist alles, was dir geblieben ist! Wie erbärmlich du dasitzt! Und in dieser Erbärmlichkeit erwartest du großes Verzeihen, nicht wahr?«

»Wenn du mir nicht helfen kannst – wer kann es sonst?«

»Die anderen Frauen!«

»Carola in Fulda würde mich sofort anzeigen. Sie wäre wie ein Vulkan, dessen Ausbruch alles zerstört!«

»Und die in Hamburg?«

»Martina ...?«

»Was geht mich der Name an!« sagte Erna grob. In ihr brannte es heiß, ergriff ihr Herz, ihr Blut, ihren Atem. Der Gedanke, daß Franz andere Frauen genauso geliebt hatte wie sie, brannte sie völlig aus.

»Martina ...« Poltecky holte tief Atem. Es muß gesagt werden, zwang er sich. Es gibt kein Zurück mehr. »Martina möchte ich heiraten.«

Es war, als habe ein unsichtbarer Riese Erna Vorwerck auf den Kopf geschlagen. Sie brach fast auf ihrem Stuhl zusammen und legte den Kopf auf die Platte des Couchtisches.

»Geh!« sagte sie leise. Dann zuckte ihr Kopf hoch, ihr Mund riß auf wie eine Höhle, die ein Erdbeben öffnet, und sie schrie, schrie: »Geh! Geh! Geh!«

Poltecky erhob sich mühsam. Er nahm seinen Regenmantel von der Stuhllehne, zögerte, wollte die Hand heben und Erna über den gesenkten Kopf streicheln. Aber dann zuckte er hilflos mit den Schultern, wandte sich ab und ging langsam zur Tür.

Als er die Klinke niederdrückte, hob Erna Vorwerck den Kopf.

»Wo willst du denn hin?«

»Fort! Irgendwohin! Ich weiß es noch nicht. Vielleicht verkrieche ich mich wie ein Dachs in einer Höhle ...«

Sie wandte sich im Sitzen um und blickte ihn an. Plötzlich bedauerte sie ihn. Ihre alles umfassende Enttäuschung wich wieder dem klareren Denken und dem Wissen, daß das Leben nicht stehenblieb und keine Rücksicht nahm auf Gefühle oder kleine menschliche Tragödien.

»Sprich nicht wie ein unbegabter Dichter!« sagte sie grob. Poltecky fuhr herum. »Irgend etwas muß geschehen. Zunächst sei dir über eines im klaren: Du wirst arbeiten müssen. Du wirst keine Ruhe kennenlernen, bis du alles ins reine gebracht hast!«

»Aber wie?« Poltecky ließ den Mantel fallen. »Ich kann als Drogist niemals 14 000 Mark abarbeiten!«

»Dann machst du etwas anderes! Wir werden darüber noch nachdenken.« Erna Vorwerck wischte sich die Tränen aus den Augen und fuhr mit beiden Händen durch ihre zerwühlten blonden Haare. Es war, als lege sie damit alle Erschütterung ab. »Du wirst zunächst 10 000 Mark bekommen, um die beiden anderen Frauen auszuzahlen. Über unsere 4000 Mark reden wir auch noch! Diese große Summe aber kannst du dir nur leihen.«

»Wer leiht einem gestrandeten Schriftsteller und kleinen Drogisten 10 000 Mark? Keine Bank, keine Kasse – niemand!«

»Es gibt Privatmänner, die Geld verleihen. Ich werde für dich bürgen!«

»Du?« Poltecky wollte auf Erna zulaufen, aber mit einer energischen Armbewegung wehrte sie ihn ab.

»Keine Rührszenen, Franz! Und keine falschen Töne! Ich bin irgendwie über alles hinweg. Du hast es schnell und schmerzvoll gemacht, hart, brutal ehrlich. Es war vielleicht gut so. Nun sollten wir nüchtern sein und auf alle Gefühlsduseleien verzichten. Also – ich würde für dich bürgen bei einem privaten Geldverleiher. In Bonn kenne ich einen. Subelkian heißt er. Ein Armenier, der mit Teppichen handelt. Aber größere Geschäfte macht er mit seinen Gläubigern. Er nimmt wahnsinnige Zinsen – aber er hat Zeit. Je später man zurückzahlt, um so länger schluckt er Zinsen. Zu ihm werden wir gehen.«

»Zu einem Halsabschneider?«

»Es geht so oder so um deinen Hals!« sagte sie grob. »Es ist nur ein Hinauszögern.«

Arkan Subelkian lebte zwischen seinen Teppichen, als sei er selbst schon ein gewebtes, buntes Muster.

»Einen Teppich, die Herrschaften?« fragte er. »Oder eine Brücke? Ich habe einen entzückenden Keshan bekommen! Ein Sammlerstück!«

Erna Vorwerck holte tief Atem.

»Wir wollten Sie privat sprechen, Herr Subelkian«, sagte sie.

»Geld?« fragte Subelkian knapp. Er musterte Poltecky.

»Ja.« Poltecky sah ihn offen an. »Ich bin in einer Zwangslage, Herr Subelkian. Ich hoffe fest auf Ihre Hilfe.«

»Wer hat Sie an mich verwiesen?«

»Ich nenne ebensowenig Namen wie Sie«, sagte Erna Vorwerck »Mir ist bekannt, daß Sie Geld verleihen. Ich bin vom Auswärtigen Amt.«

»Ich weiß«, lächelte Subelkian. Ernas Kopf zuckte hoch.

»Sie kennen mich?«

»Ich habe nur gesagt: Ich weiß. Es ist mein Nebenberuf, viel zu wissen.« Subelkian sah Poltecky mit den Augen eines Adlers an. Poltecky biß sich auf die Unterlippe. Dieser Blick geht durch das Mark, empfand er. Er ist gefährlich trotz seiner lächelnden Hülle. Er schneidet dir die Gurgel durch, wenn und wann er will. Er hat den Blick einer Schlange, von dem das Kaninchen gelähmt wird.

»Vertrauen gegen Vertrauen«, sagte Subelkian nach seiner scharfen Musterung zu Poltecky. »Sie wollen Geld von mir – und ich will wissen, wozu! Wieviel ist es überhaupt?«

»10 000 Mark«, sagte Erna schnell an Polteckys Stelle.

»Angst haben Sie nicht.« Subelkian lächelte mild. »Für eine solche Summe unternehme ich sonst eine Seelen- und Gehirnwäsche. Aber da Sie nichts sagen, sondern nur das Fräulein spricht, müssen Sie sehr im Druck sein. Erzählen Sie mir, was mit Ihnen los ist.«

In kurzen, knappen Worten schilderte Poltecky die Erlebnisse der vergangenen Wochen.

»Jetzt wissen Sie alles, Herr Subelkian«, sagte er dann gepreßt. »Sie sind mein einziger Ausweg.«

»Die bösen Menschen.« Subelkian schüttelte den Kopf. »Ich möchte Ihnen gern helfen. Sie waren ehrlich zu mir. Ich zweifle nicht einen Augenblick an der Wahrheit Ihrer Geschichte. Aber ich habe soviel Geld nicht hier im Haus. Kommen Sie doch bitte in meine Privatwohnung. Nach Honnef. Höhenweg 11. Morgen um 20 Uhr. Allein!«

»Allein?« fragte Erna argwöhnisch. Subelkian nickte mehrmals.

»Ja. Allein! Ich muß mit Herrn Poltecky das Interne allein aushandeln. Ich halte es nicht anders. Wer etwas von mir wünscht, muß sich meinen Gepflogenheiten anpassen. Sie verstehen ...«

»Ich bin seine Cousine.«

»Und wenn Sie die Zwillingsschwester wären – ich möchte allein mit Herrn v. Poltecky die Bedingungen festlegen.«

»Ich bin um 20 Uhr bei Ihnen in Bad Honnef«, sagte Poltecky fest. »Wir werden uns einigen.«

Erna Vorwerck wartete in Bad Honnef im Kurhaus-Restaurant, während Poltecky Arkan Subelkian auf dem Höhenweg 11 besuchte.

Das Haus Nr. 11 war eine moderne flache Villa mit Glaswänden, Sonnenterrassen und einem einzigartigen Blick auf das Siebengebirge und den im Abenddunst breit und silbern dahinfließenden Rhein.

Subelkian saß in einer Hollywoodschaukel auf der mit Marmorplatten belegten Terrasse und trank einen eisgekühlten Tomatensaft, den ein stummer Diener in weißen Pluderhosen und kurzer roter Filzjacke anreichte. Er war ein junger Marokkaner mit einem pockennarbigen Gesicht. Poltecky musterte ihn verstohlen. Eine Leibwache hat Subelkian also auch, dachte er. Und das mitten in Deutschland, bei Bonn am Rhein!

»Kommen wir gleich zum Geschäftlichen«, sagte Subelkian und stellte den Tomatensaft auf ein kleines Tischchen, das der Diener auf lautlosen Gummirädern heranschob. Aus dem kleinen Teppichhändler der Bonner Seitengasse war ein gemütlicher, gut, aber salopp gekleideter Privatmann geworden, dem Geld kaum noch ein Begriff zu sein schien. »Sie haben sich alles überlegt, Herr v. Poltecky?«

»Überlegt? Nein.« Poltecky sah dem Marokkaner nach, der wie eine Katze ins Haus ging, federnd und völlig geräuschlos. »Was sollte ich überlegen? Die Bedingungen diktieren doch Sie.«

»Schon, schon. Aber ich hätte mir einmal überlegt, warum ich Sie hier in mein Privathaus kommen lasse. Ich kann Ihnen sagen, daß dieses Haus kaum einer meiner Kunden kennt. Fällt Ihnen das nicht auf? Und wundern Sie sich nicht, wenn ich Ihnen nicht 10 000, sondern die ganzen 14 000 Mark geben werde, zinslos.«

»Zi – zinslos?« Poltecky begriff nicht sofort. »Aber es ist doch Ihr Verdienst.«

»Schweigen wir vom Verdienen. Ihnen soll geholfen werden. Mir geht es gut. Sie sehen es. Ich bin sogar bereit, Ihnen die 14 000 Mark zu schenken.«

»Schenken?« Poltecky geriet völlig außer Fassung.

»Natürlich nicht aus Menschenfreundlichkeit. Ich bin kein Idiot, der mit Geld die Straße pflastert. Ich verlange von Ihnen eine Gegenleistung. Sie sollen das Geld in einer äußerst leichten und angenehmen Weise abarbeiten – wenn Sie es sich nicht schenken lassen wollen.« Subelkian sah Poltecky scharf an. Es war wieder der Adlerblick, der kein Erbarmen kannte.

»Wir haben nichts voreinander zu verbergen«, fuhr Subelkian fort. »Ich kann ehrlich zu Ihnen sein, denn Sie werden mich nie anzeigen können, ohne nicht selbst wegen Heiratsschwindels einige Jahre ins Zuchthaus zu müssen! Wir sitzen im gleichen Boot und müssen gemeinsam in einer Richtung rudern. Die Richtung aber gebe ich an, weil es eben mein Boot ist. Wir verstehen uns?«

»Nicht ganz«, sagte Poltecky. Eiskalt stieg es ihm zum Herzen empor.

»Sie werden es gleich ganz verstehen. – Ihre Cousine – die Sie ja auch so elegant betrogen haben – ist Angestellte des Auswärtigen Amtes. Genauer gesagt: Sekretärin des Staatssekretärs. Ein sehr schöner, ein sehr verantwortungsvoller, ein sehr begehrter, ein sehr geheimer Posten. Sie hört und liest so manches, was kein anderer Sterblicher hört und liest. Sie weiß und kennt alle Geheimnisse, denn sie schreibt sie in die Maschine oder nimmt sie im Stenogramm auf.« Subelkian lächelte breit und beugte sich zu Poltecky vor. »Einen Whisky, mein Lieber?«

»Bitte«, sagte Poltecky heiser. »Aber ohne Eis. Mir ist kalt genug!«

»Ich sehe: Sie beginnen zu begreifen! Ich wünsche nicht, daß Sie Ihre liebenswerte Cousine einspannen oder gar gefährden – o nein! Sie soll ihre Stellung behalten. Daran ist mir ja gelegen. Aber wenn Sie ihr weiterhin – wie bisher erfolgreich – Liebe vorspielen und im alltäglichen oder nächtlichen zärtlichen Gespräch einige Dinge ganz beiläufig erfahren, die uns interessieren, so würde diese Indiskretion nicht allein mit der Streichung einer 14 000-Mark-Schuld beglichen werden.«

Poltecky atmete tief durch. Er stellte das Whiskyglas hart auf den Tisch. Da es ein dickes Glas war, zerbrach es nicht.

»Sie sind ein Schwein!« sagte er laut.

Subelkian zeigte keinerlei Wirkung. Er lächelte sogar.

»Mit einem vollen Trog, aus dem Sie fressen wollen«, antwortete er ruhig.

Poltecky sprang auf. »Ich verzichte auf Ihr Geld«, schrie er. »Ich will anständig bleiben!«

»Welch ein Witz! Der dreifache Heiratsschwindler will anständig bleiben! Warum diese Leidenschaft, mein Bester? Setzen Sie sich, trinken Sie Ihren Whisky, und denken Sie vernünftig. Sie sind am Ende! Wenn Sie nicht in Kürze das Geld hinblättern, holt Sie die Kriminalpolizei aus dem letzten Winkel Deutschlands, und ein Gericht verurteilt Sie zu einigen Jahren Zuchthaus. Seien Sie klug, Poltecky! Steigen Sie ein! Ihrer Cousine wird nichts geschehen – und die Liebe haben Sie noch gratis dazu! Ist doch ein wundervolles Mädchen mit einer Venusfigur!«

Poltecky tat in diesem Augenblick etwas, von dem er später nicht wußte, wie er es tun konnte.

Er beugte sich zu Subelkian herunter und schlug ihm mit der flachen Hand viermal rechts und links in das Gesicht. Subelkian fiel wort- und wehrlos von der Hollywoodschaukel auf den Marmorboden. Mit zusammengekniffenen Augen sah er zu Poltecky empor.

»Auch Sie werden mich nicht anzeigen können«, sagte Poltecky mit vor Erregung zitternder Stimme. »Aber aus Ihrem Boot steige ich aus! Es ist mir zu dreckig und stinkt!«

An dem stummen marokkanischen Diener vorbei, der in

de Terrassentür stand und ihn nicht hinderte, ging er zurück ins Haus, durch das weite Wohnzimmer, in die Eingangshalle und hinaus auf die Straße. Sein Bein schmerzte. Er schleppte sich den Hang hinab.

Er sah nicht, daß seit seinem Herauslaufen aus dem Hause Subelkians eine Gestalt ihm folgte. Sie war wie ein Schatten, hielt sich eng an die Mauern der Villenvorgärten und erweiterte den Abstand, als Poltecky in die Hauptstraße einbog und zum Kurhaus ging.

Es war ein Mann in einem Trenchcoat.

Unauffällig bummelte er über die Hauptstraße, las in dem Glaskasten vor dem Kurhaus die ausgehängte Speisekarte und betrat dann auch das Restaurant.

Das Hilfsangebot Arkan Subelkians war nicht annehmbar gewesen. Erna Vorwerck sah es ein, als Poltecky ihr alles berichtete. Allerdings sagte er nichts über die Angebote, die ihm der armenische Teppichhändler unterbreitet hatte. Poltecky sprach von unerfüllbaren Zinssätzen, von begrenzter Laufzeit und der verlangten Unterschrift auf einen Schuldschein, der ihm das Genick breche mußte.

»Wir stehen wieder am Anfang, Erna«, sagte er kläglich. »Es ist unmöglich, das Geld zu bekommen. Wir müssen uns mit der kommenden Katastrophe abfinden.«

»Schlafen wir erst einmal darüber«, meinte Erna Vorwerck. Sie war blaß und starrte in ihr Glas Tee. Sie saßen in einer Ecke des Kurhaus-Restaurants, allein, abgesondert von den wenigen Gästen, wie Aussätzige. Der fremde Herr im Trenchcoat hatte eine Zeitung aus der Tasche genommen und las. Ab und zu nippte er an seinem Bier und sah dabei über den Glasrand zu Poltecky und Erna Vorwerck hinüber.

»Vielleicht bekomme ich ein Darlehen?« sagte Erna leise.

»Mit welcher Begründung?«

»Wegen Heirat.«

»Und Martina?« Poltecky sah kläglich auf seine zitternden Hände.

»Ich könnte diese Martina umbringen!« zischte Erna. Und sie meinte es ehrlich.

»Dann blieben immer noch 3000 Mark«, sagte Poltecky in einem Anflug von bitterem Humor. Er lehnte sich zurück an die Wand und schloß die Augen. Er sah alt aus, faltig, irgendwie verfallen. »Ich kann nicht mehr weiter, Erna. Die Stunde bei diesem Subelkian – mein Gott, ich bin in eine Welt gekommen, die ich nicht mehr verstehe und auch nicht verstehen will. Es ist ein Sumpf, der einen umklammert hält und tiefer und immer tiefer hinabzieht. Ich weiß nicht mehr, was geschehen soll.«

»Fahren wir erst einmal nach Hause.«

»Nach Hause! Selbst das habe ich nicht mehr!« Er öffnete wieder die Augen und war geblendet von dem Schein der Deckenlampen. »Wie ein Vagabund bin ich auf Gnade oder Ungnade den anderen ausgeliefert.«

»Nun beweine nicht dein Schicksal, das du dir selbst verschafft hast«, sagte Erna Vorwerck. Sie erhob sich, ließ sich in den Mantel helfen und ging durch das Lokal hinaus auf die Straße. Poltecky zahlte die kleine Zeche mit einem Zehnmarkschein, den ihm Erna beim Mantelanziehen in die Hand gedrückt hatte.

Auf der Straße hakte sie sich bei ihm ein. Dann gingen sie wortlos zum Rhein hinunter, zu der Haltestelle der Siebengebirgsbahn, und fuhren mit ihr bis zur Fähre nach Bad Godesberg.

Der Mann im Trenchcoat folgte ihnen.

Er hatte das Kurhaus gleich nach ihnen verlassen und stand auch auf der Fähre neben ihnen, den Mantelkragen hochgeschlagen, denn über den Rhein wehte ein scharfer, nächtlicher Wind.

Poltecky und Erna Vorwerck beachteten ihn nicht.

Der Mann im Trenchcoat pfiff leise durch die Zähne, als er von der Straßenecke aus beobachtete, daß Poltecky mit Erna Vorwerck ins Haus ging und sich nicht, wie er angenommen hatte, vor der Haustür verabschiedete.

»Sieh an«, sagte er leise zu sich. »Das hätte ich nicht von ihr erwartet.«

Am nächsten Morgen war Erna pünktlich wie immer zu ihrem Dienst ins Auswärtige Amt gefahren, und Poltecky hatte auf seinem Notbett nicht gehört, wie sie aufgestanden war. Er schlief wie ein zu Tode Erschöpfter und wachte erst auf, als es klingelte.

Poltecky sah auf die Uhr. 10.23 Uhr; ein wenig früh für die Post. Vielleicht ein Eilbotenbrief?

Er ging zur Tür und öffnete sie einen Spalt. Draußen, im tämmerigen Flur des Treppenhauses, stand ein schlanker, hochgewachsener Mann in einem Trenchcoat und zog den Hut.

»Guten Morgen!« sagte er. »Störe ich?«

»Das kommt darauf an, weshalb Sie kommen! Außerdem ist Fräulein Vorwerck nicht zu Hause.«

»Ich weiß. Sie versieht fleißig und gewissenhaft ihren höchst interessanten Dienst im Auswärtigen Amt. Ich wollte auch Sie sprechen.«

»Mich?« Poltecky fühlte es kalt durch seinen Körper rinnen. »Woher kennen Sie mich? Was wollen Sie von mir?«

Arkan Subelkian und die Ohrfeigen, die er ihm gegeben hatte, fielen ihm ein. Jetzt kommt die Rache, dachte er. Er umklammerte den Türgriff und bereitete sich darauf vor, laut und grell um Hilfe zu schreien wenn der Fremde die Tür aufzudrücken versuchte.

»Wollen wir das alles im Flur besprechen?« fragte der Mann im Trenchcoat freundlich. »Erlauben Sie mir, näher zu treten. Mein Name ist Peter Brandenburg.«

»Was wollen Sie?« fragte Poltecky laut und stemmte sich gegen die Tür.

»Ich habe Sie gestern beobachtet. Sie haben bei Fräulein Vorwerck übernachtet. Das zwingt mich, mit Ihnen zu reden.«

»Kommen Sie rein!« sagte Poltecky müde. Er gab die Tür frei und trat in die Wohnung zurück. Der Mann im Trenchcoat trat; ein, schloß hinter sich die Tür.

»Sie sind mit Fräulein Vorwerck befreundet?« fragte Poltecky und nickte mehrmals. »Natürlich muß Ihnen mein Hierbleiben über Nacht in der Wohnung einer alleinstehenden, jungen, schönen Dame zu sehr eindeutigen Schlüssen Anlaß geben. Aber ich versichere Ihnen ...«

Peter Brandenburg winkte ab. Er setzte sich in eines der zierlichen, modernen Sesselchen und holte eine Packung amerikanischer Zigaretten aus der Tasche seines Trenchcoats.

»Ich kenne Fräulein Vorwerck nur flüchtig. Ich bin weder ein Freund von ihr, noch habe ich irgendwelche Ansprüche, die Sie verletzt haben könnten. O nein – allein Sie interessieren mich. Ich bin Autoverkäufer.«

»Sie – Sie sind ...« Poltecky verzog das Gesicht zu einem Lachen. Aber er lachte nicht laut, aus Angst, es könne hysterisch klingen. »Sie wollen mir ein Auto ...«

»Nein!« Brandenburg sah dem Rauch seiner Zigarette nach. Der süßliche Geruch reiner Virginiatabake breitete sich im Zimmer aus wie in Rauch aufgelöster Honig. »Wer bei Subelkian war und zu Fuß geht, kann sich kein Auto leisten.«

»Was wissen Sie von Subelkian?« fragte Poltecky heiser. Er wich zum Fenster zurück. »Kommen Sie von diesem Lumpen?«

»Aber nein. Nein! Wir sind sogar Geschäftsgegner – wenn man es so nennen darf. Ich habe Sie gestern aus dem Hause Arkans kommen sehen, sehr erregt, sehr blaß, sehr mitgenommen. Ich stand hinter einem Busch und folgte Ihnen dann ins Kurhaus von Bad Honnef, stand auf der Fähre neben Ihnen und beobachtete, wie Sie mit Fräulein Vorwerck ins Haus gingen und«, er lächelte mokant, »nicht wieder herauskamen. Ich wartete auf der Straße, bis oben die Lichter ausgingen. Da wußte ich, daß ich Sie am nächsten Morgen noch hier antreffen würde.«

»Was wollen Sie?«

»Es gehört zu meinen Pflichten, die Kunden von Subelkian zu bewachen.«

»Kriminalpolizei«, sagte Poltecky leise.

»Aber nein! Sehe ich so aus?« Brandenburg drückte die halb gerauchte Zigarette im Aschenbecher aus und nahm ungeniert einen Keks aus der Dose, die neben dem Ascher stand. »Es ist nur interessant, zu sehen, wer alles Geld braucht. Und Sie brauchen doch Geld, nicht wahr?«

»Was geht das Sie an, Herr Brandenburg?«

»O viel, sehr viel! Subelkian hat es Ihnen nicht gegeben, nicht wahr? Warum, weiß ich nicht. Er läßt sonst keine Schlüsselposition aus den Händen.«

»Ich verstehe Sie nicht«, sagte Poltecky ehrlich. Er setzte sich auf die Couch und nahm eine der Virginiazigaretten, die ihm Brandenburg hinhielt.

»Sie brauchen Geld?« wiederholte Peter Brandenburg. Er knöpfte seinen Trenchcoat auf. »Wieviel?«

»Wer sind Sie?« Poltecky sprang auf. »Was wollen Sie von mir? Wenn Sie von der gleichen Güte sind wie Subelkian – ich werfe Sie die Treppe hinunter! Ich rufe die Polizei!«

»Das erste steht Ihnen frei – das letztere werden Sie nicht tun; denn wer bei Subelkian um Geld bettelt, dem steht das Wasser bis zum Hals und der hat auch die Polizei zu fürchten. Das ist doch logisch, nicht wahr?«

»Weiter! Nur weiter!« Poltecky rauchte hastig und ging im Zimmer hin und her.

»Reden wir nicht mehr von der Summe, die Sie brauchen. Selbst Ihren Namen kenne ich nicht einmal. Er ist auch unwichtig! Sie werden sowieso unter einer Kennziffer geführt werden.«

»Also doch!« stöhnte Poltecky. Er war stehengeblieben und ballte die Fäuste. »Was seid ihr doch für Schweine!« sagte er laut. »Mit der Not macht ihr eure dreckigen Geschäfte! Glaubt ihr wirklich, ich wäre so weit herunter, daß ich mein Land verraten könnte?«

»Wie wollen Sie jemals das Geld beschaffen, das Sie so nötig brauchen?«

»Das wird meine Sache sein, nicht Ihre! Ich verzichte – und wenn ich ins Zuchthaus müßte! – auf Ihr Drecksgeld!«

»Welches Heldentum! Es scheint wirklich, daß Sie zu dumm für diese Welt sind.« Peter Brandenburg erhob sich. »Sie haben auch Subelkians Angebot abgeschlagen?«

»Ja. Ich habe ihn geohrfeigt! Und ich mache es auch mit Ihnen, wenn Sie nicht sofort gehen!« schrie Poltecky. »Besteht denn die Welt nur noch aus Lumpen?«

»Um das zu fragen, sollten Sie in einen Spiegel sehen!« Brandenburg steckte seine Zigaretten ein und knöpfte den Trenchcoat zu. Er griff in die Tasche und legte eine Geschäftskarte auf den niedrigen Couchtisch.

»Falls Sie mich doch noch einmal brauchen sollten. Ich bin immer zu sprechen von 15 bis 17 Uhr in meinem Verkaufssalon. Es fällt nicht auf, denn Autos werden immer gekauft.«

Brandenburg wandte sich zu Poltecky um, der am Fenster stand und unschlüssig war, ob er Brandenburg aus der Wohnung prügeln sollte oder nicht. Brandenburg sah nicht so aus, als ob er es sich ohne Gegenwehr gefallen lassen würde. Und Poltecky war nicht der Stärkste. »Sie gefährden Ihre Freundin gar nicht«, sagte Brandenburg eindringlich.

»Raus!« schrie Poltecky.

»Wir sehen uns bestimmt wieder!«

Erna Vorwerck kam zum Mittagessen nicht nach Hause. Sie rief an, daß sie schnell in der Kantine essen würde, weil zu viele Diktate vorlägen. Außerdem wolle sie mit dem Chef wegen eines Darlehens sprechen.

»Wir finden einen Ausweg«, meinte sie zuversichtlich. »Du mußt nur versuchen, deine – deine – anderen Mädchen zu beruhigen. Mein Gott, wie weit ist es mit mir schon gekommen!«

Sie legte auf, und Poltecky kam sich gräßlich verlassen vor in der kleinen Wohnung.

Dem Rat Ernas folgend, schrieb er zwei Briefe.

An Carola schrieb er:

»Du wirst erstaunt sein, solange nichts von mir gehört zu haben. Aber mittlerweile ist mein Film in Hamburg begonnen worden … Jetzt bin ich zu den Außenaufnahmen an den Rhein gefahren, morgen geht es in die Eifel. Ich habe augenblicklich so viel zu tun und bin in einem solchen Wirbel, daß mir kaum Zeit bleibt, an Dich, mein Liebes, zu denken. Aber in einer Woche sehen wir uns bestimmt. Ich werde dann nach Fulda kommen – oder Du an den Rhein. Und bei einem Glase Wein wollen wir ganz ernsthaft über unsere Zukunft sprechen.«

An Martina schrieb er:

»Die Außenaufnahmen sind wunderbar. Der Rhein, die Weinberge, der Drachenfels, die Inseln Grafenwerth und Nonnenwerth – es ist wirklich ein großes Erlebnis. Meinem Bein geht es gut. Ich kann ziemlich flott mit dem Gehgips laufen, und Schmerzen habe ich auch nicht mehr. – Jeden Abend vor dem Einschlafen in dem einsamen Hotelbett denke ich an Dich. Ich wünschte mir ...«

Bei beiden Briefen vergaß er absichtlich den Absender. Der Poststempel Bad Godesberg genügte. Eine Antwort auf seine Briefe verlangte er nicht.

Die Zeit bis zum Nachmittag verbrachte er lesend am Radio. Dann steckte er die Briefe in die Jackentasche und ging zum Postamt. Auf dem Rückweg bummelte er hinunter zum Rhein.

Der Wind, der über den Rhein wehte, war trotz der Sonne frisch und schneidend. Poltecky schob die Hände in die Hosentaschen und ging im Bummelschritt an den weißen Promenadenbänken vorbei zur Hauptstraße. Er wartete am Bordstein, bis er die Straße überqueren konnte.

In diesem Augenblick bremste vor ihm ein dunkler, großer Wagen. Er hielt genau vor Poltecky, ein Tür flog auf und schlug ihn vor die Brust. Er taumelte, rang nach Luft, faßte nach der Tür, um nicht hinzufallen. Da griffen zwei Hände seinen Rock. Er spürte einen Schlag gegen das Kinn, seine Beine wurden weich, die Welt drehte sich um ihn, als sei er ein Kreisel – dann wußte er nichts mehr bis zu dem Augenblick, in dem er durch das Schütteln seines Körpers erwachte.

Er saß auf dem Rücksitz eines rasenden Wagens. Die grünlich getönten Scheiben gaben wohl einen Blick nach draußen frei, aber sicherlich war von der Straße aus nicht zu erkennen, wer sich im Inneren des Fahrzeugs befand.

Sie fuhren in schneller Fahrt den Rhein entlang, Richtung

Rolandswerth, wie Poltecky mit einem scheuen Blick zur Seite feststellte.

Zwei Männer saßen neben ihm, ein dritter fuhr und drehte das Radio etwas leiser, als einer der neben Poltecky Sitzenden ihm auf die Schulter tippte.

»Guten Tag!« sagte der linke Wächter und grinste Poltecky an. »Mein Name ist Joe Dicocca.«

»Wo fahren Sie mich eigentlich hin? Wer sind Sie? Warum schlagen Sie mich auf offener Straße zusammen und entführen mich? In den USA kämen Sie dafür auf den elektrischen Stuhl!«

»In den Staaten! Wir sind hier in Deutschland, mein Süßer!« Dicocca sah aus dem Fenster. Die Russische Botschaft, ein herrliches, weißes Schloß auf der Rheinhöhe, raste an ihnen vorbei. Er zeigte mit dem Daumen hinauf. »Was glaubst du, mein Junge, was die da oben machen? Nur waren wir jetzt schneller als sie – take it easy. «

»Also Nummer drei!« Poltecky lehnte sich in die Polster zurück. Fast machte ihm die Jagd um Ernas Informationen Spaß. War er bei Subelkian entsetzt und fast in eine Panik gedrängt worden, hatte Peter Brandenburg ihn aufgeregt und mit seiner aalglatten Art angeekelt – der Überfall Dicoccas auf ihn und seine jetzige Fahrt zu einem noch unbekannten Haus erzeugten weder Panik noch Angst mehr bei ihm, sondern lediglich eine Neugier, was die nächsten Stunden bringen würden.

Wenn sie wüßten, wie aussichtslos das bei mir ist, dachte er zufrieden. Sie würden mich aus dem Wagen werfen und sich über das verfahrene Benzin und ihre Mühe ärgern.

»Ich glaube, Sie überschätzen mich«, sagte er und sah Dicocca an. Dieser kaute an einem doppelten Kaugummi und betrachtete interessiert die Schiffe auf dem in der Sonne spiegelnden Rhein.

»Das wird sich zeigen«, antwortete Dicocca leichthin.

»Sie können mich nicht kaufen!«

»Wir haben wirksame Überredungsmethoden.«

Dieser Satz klang gefährlich, auch wenn er wie ein Kompliment dahingesagt war. Poltecky spürte die Gefahr und richtete sich in den Polstern hoch. Dicocca legte seine Hand auf Polteckys Arm.

»Keine Dummheiten machen, mein Kleiner! Es wäre schade um das Girl, wenn wir ihr deine Knochen einzeln auf den Tisch legen müßten.«

»Mit Zwang erreicht ihr bei mir gar nichts!« schrie Poltecky. Die Angst schnürte ihm die Kehle zu.

»Wer wird dich denn zwingen, Kleiner? Du wirst bei uns gefüttert werden und zehn Pfund mehr auf die Rippen bekommen! Du wirst behandelt werden wie ein zartes Ei. Wir wollen nur einmal sehen, was dein Girl sagt, wenn wir ihr mitteilen, daß wir dich wie ein Spanferkel am Spieß braten werden, falls sie nicht ... Na ja, du weißt ja, mein Kleiner!«

»Sie wird mich braten lassen«, sagte Poltecky ohne Nachdenken. Dicoccas Kopf fuhr herum.

»Bluffen kannst du andere, nicht mich!«

»Ruft an!«

Von da ab wurde nicht mehr gesprochen. Der Wagen bog hinter Rolandswerth in einen schmalen Weg ein, summte die ziemliche Steigung mühelos empor und machte vor einem flachen Landhausbau, der große Ähnlichkeit mit dem Hause Subelkians hatte, halt.

Sie rollten in einen Innenhof und hielten vor einer großen Glastür mit eingeschliffenen Ornamenten. Poltecky sah erstaunt durch die grüngetönten Scheiben des Wagens.

»Spionage muß etwas einbringen«, stellte er sachlich fest. Joe Diccoca lachte laut.

»Wir handeln mit Früchten. Früchte en gros! Was du in Bonn auf dem Markt kaufst, das geht durch Dicoccas Hände!« Er stieß die Tür des Wagens auf und half Poltecky beim Aussteigen. »In diesem Bau stecken einige Tausend Tonnen Apfelsinen und Grapefruits«, erklärte er.

»Und die Honorare für einige gute Informationen.«

Dicocca hob die Hände. »Wir sind Verfechter des freien Handels«, sagte er sarkastisch. »Und Wohlstand stinkt nicht.«

Im Haus bekam Poltecky einen Whisky mit kleinen Eisstückchen. Dann wurde er in einen großen Raum geschoben, der durch ein Riesenfenster einen unbeschreiblich herrlichen Blick auf den Rhein, auf Bad Honnef, den Drachenfels und die beiden Rheininseln freigab. Dicocca setzte sich und legte seine Beine auf den niedrigen Tisch aus Glasmosaik.

»Okay«, sagte er. »Da sind wir! Beginnen wir gleich. Was wollten Sie bei Mr. Subelkian?«

»Ich dachte, Sie wüßten es?« sagte Poltecky.

»Auch Mr. Brandenburg war bei Ihnen.«

»Sie sind gut informiert.«

»Seit wann arbeiten Sie für diese Geheimdienste? Was zahlt man Ihnen?« Dicocca wechselte die Beinstellung. Er schlug jetzt das rechte über das linke Bein. »Wo waren Sie früher?«

»In Köln und Hamburg.«

»Spezialist für Häfen, was? Und jetzt beschatten Sie über das süße Girl das Auswärtige Amt? Nicht übel, Junge.« Dicocca nahm einen Schluck aus dem Whiskyglas und stellte es dann wieder auf den Tisch zurück, von wo er es aufgenommen hatte. »Wir sind beauftragt, Sie aufzukaufen, Boy! Sie sind clever genug, um zu wissen, daß Sie fordern können.«

»Nachdem Sie mich erst niederschlugen.«

Dicocca hob die Hände, bedauernd und kopfschüttelnd. »Wir mußten doch in ein Gespräch kommen, Boy! Dieser kleine Kitzler am Kinn – wir decken einen Huntertdollarschein drüber.«

»Sie scheinen nur in Geld zu denken! Kommt Ihnen nie der Gedanke, daß es auch Menschen gibt, die nicht käuflich sind?«

»No! Es ist nur eine Frage der Summe. Der eine kostet 100 Dollar, der andere 1000 Dollar! Alles hat seinen Wert. Du kannst einen Menschen eher kaufen als ein Pferd, sagt der Araber.« Dicoccas Kopf schwenkte zu Poltecky. »Also – wieviel?«

»Hunderttausend Dollar«, sagte Poltecky gemütlich.

Dicocca nahm die Beine vom Tisch. Es war, als sei die Glasmosaikplatte plötzlich elektrisch geladen. Die beiden anderen Männer, die stumm wie Schildwachen an der Zimmertür standen, grinsten breit.

»Brauchst du einen Psychiater, Boy?« fragte Dicocca heiser.

»Wir machen hier keine faulen Witze. Ich meine es ernst!«

»Hunderttausend ... So wertvoll ist keine Information.« Dicocca nahm einen schnellen Whiskyschluck. »Also, sei vernünftig, Boy – was kriegst du von Subelkian?«

»Nichts.«

»Von Brandenburg?«

»Nichts.«

Dicocca hob die Schultern. Er betrachtete Poltecky, als habe er tiefes Mitleid mit ihm.

»Warum muß ich grob werden?« fragte er fast weinerlich. »Du sagst es doch nach zehn Minuten! Warum erst mit den Knochen krachen? Es ist doch ein glattes Geschäft, Boy! Du bekommst unsere Dollars, und du gibst uns das gleiche weiter, was du an Subelkian und Brandenburg meldest. Und außerdem meldest du uns, was die beiden von dir wollen! Gibt es etwas Klareres?« Dicocca legte die Beine wieder auf den Tisch, er war wieder Herr der Situation. »Sagst du jetzt ›no‹, so gibt es zwei Dinge, my Boy: Erstens nehmen wir dich in die Zange, und zweitens werden wir Subelkian und Brandenburg einen Wink geben, daß du für uns arbeitest. Glaube mir, die fragen dann nicht lange und warten keine Erklärungen ab. Die blasen dich von der Erde weg, wo immer du auch bist! Das weißt du doch?«

Poltecky nickte.

»Das mag alles stimmen, was Sie da sagen«, bemerkte er, »aber weder Subelkian noch der gute Peter Brandenburg werden einen Finger um mich rühren! Ich arbeite gar nicht für sie.«

Wieder schien der Tisch elektrischen Stromstößen ausgesetzt zu sein. Dicoccas Beine schnellten auf den Teppich.

»Boy, das ist gelogen!« schrie er, hochrot im Gesicht.

»Nein! Fragen Sie doch Subelkian ...«

»Aber Sie waren bei ihm. Brandenburg war bei Ihnen.«

»Sie boten mir Geld an, wenn ... Aber ich habe Subelkian geohrfeigt und Brandenburg aus der Wohnung geworfen! Mit Ihnen möchte ich dasselbe tun!«

»Scheiße!« sagte Dicocca. Es war ein häßliches Wort, aber es kam ihm aus dem Herzen. Außerdem drückte es genau das aus, was er empfand.

Er starrte Poltecky an, der lächelnd durch das Riesenfenster auf den Rhein schaute, als sei er ein sich still erholender Urlaubsgast.

»Wieso bietet man Ihnen Geld an?« fragte er stockend.

»Weil ich es brauche! Das ist der große Witz bei der Sache. Ich brauche 14 000 Mark!«

»Lumpige 3500 Dollar.«

»Nur! Denken Sie mal an, Dicocca! Für Sie ist das ein Klacks.«

»Die mische ich Ihnen unter'n Whisky, ohne daß Sie's merken.«

»Und trotzdem nehme ich keinen Cent von Ihnen, wenn eine solche Riesenschweinerei wie Verrat dahintersteckt! Eher gehe ich ins Zuchthaus! Das habe ich Subelkian und Brandenburg gesagt – das sage ich Ihnen! Und dabei bleibe ich!«

»Ich gebe Ihnen 10 000 Dollar, Boy!«

»Nicht für die Hunderttausend, wie ich eben sagte!«

»Und wenn wir Sie zwingen?«

»Ich möchte wissen, wie?«

»Wir lassen Sie hier, und Ihr Girl löst Sie mit einer Mitteilung ein?«

»Da kennen Sie mein ›Girl‹ nicht!«

Poltecky lächelte breit. Er genoß den Ausdruck »girl« und rollte das »r« im Rachenraum wie bei einem anhaltenden Gurgeln.

»Wir werden ihr einen ausgerissenen Zehennagel von dir schicken!« schrie Dicocca.

»Okay!« Poltecky lehnte sich wieder in seinen Sessel zurück. »Sie wird euch schreiben: ›Er hat noch neun! So spart er wenigstens das Pediküren!‹«

»Wir werden sehen!« Dicocca goß sich einen neuen Whisky ein und hielt die Flasche Poltecky hin. »Auch einen, Boy? Der Abend ist noch lang.«

Poltecky nickte. Er hatte keine Angst mehr. »Ein bißchen

Hunger habe ich auch«, sagte er. »Macht mal euren Eisschrank auf, Boys!«

Er genoß die Situation und gebar den Gedanken: Verdammt, das ist ein neuer Film! Ein erlebter Film! Er sah Dicocca zu, der wie ein Magenleidender am Fenster stand und Whisky trank. Er sah den beiden Leibwächtern zu, die noch immer an der Tür lehnten und stumm rauchten.

»Es ist verflucht langweilig hier«, stellte Poltecky laut fest. »Ich hätte euch wirklich mehr Schwung zugetraut.«

Als Erna Vorwerck am Abend nach Hause kam, war die Wohnung leer. Kein Zettel lag auf dem Tisch. Kein Hinweis, wo Franz sich befinden konnte. Nur die Schreibmappe lag geöffnet auf dem Tisch, der Füllfederhalter daneben.

Er wird geschrieben haben und ist jetzt zur Post gegangen, dachte Erna Vorwerck.

Sie räumte schnell ab, deckte den Tisch mit einer weißen Decke und band sich die Schürze um. Dann stellte sie sich an den Elektroherd und überlegte schnell, was sie zum Abendessen kochen könnte. Spiegeleier mit Schinken, dachte sie. Das mag er gern. Und Kalbsleberwurst habe ich auch noch.

Während die Eier in der Pfanne brutzelten, schellte das Telefon. Nanu, dachte Erna Vorwerck, wer ruft um diese Zeit an? Dann hob sie den Hörer ab …

Der Brief, den Poltecky an Carola Pfindt nach Fulda geschrieben hatte, kam einen Tag zu spät an.

Carola hatte vorzeitig ihren Kurzurlaub bekommen und war noch am gleichen Tag nach Köln gefahren. Sie wollte sehen, was aus Franz v. Poltecky und ihren 3000 DM geworden war. Die kurzen Zeilen, die er ihr aus Hamburg geschrieben hatte, waren trotz aller Liebesversprechungen ziemlich leer gewesen. Es stand nichts darin von baldigem Wiedersehen und schon gar nichts von einer Heirat.

Das aber war es, was Carola sehr auf dem Herzen lag und womit sie sich ausschließlich beschäftigte.

Franz hatte ihr die Ehe versprochen, das stand außer Frage. Er hatte das Geld von ihr genommen und gesagt: »Du bekommst es auch als meine Ehefrau auf Heller und Pfennig wieder, wenn der Film abgedreht ist.« Wenn das nicht klar ist, wenn das kein Eheversprechen bedeutet – Carola Pfindt fuhr nach Köln und suchte zunächst die Drogerie Herrn Meyers auf.

Herr Meyer hatte sich daran gewöhnt, im Zusammenhang mit dem Namen Franz Schuster in den letzten Wochen nur Ärger zu bekommen. Da waren erst die beiden Anrufe der unbekannten Frauen, dann der Krankenhausaufenthalt Schusters in Hamburg, ihm folgte die Kündigung – die Meyer zunächst gar nicht begriff und mit den Worten: »Wovon will er denn bloß leben?« kommentierte – , dann kam die Zimmerwirtin Schusters und wollte die fällige Miete einkassieren, und jetzt ...

Bert Meyer sah betrübt auf die roten Locken Carolas und legte seine Hände auf einen Stapel Pfefferminztee-Tüten.

»Herr Schuster ist nicht mehr bei mir«, sagte er. Als er den merkwürdigen, ungläubigen Blick Carolas sah, nickte er heftig mit dem Kopf. »Jaja, Sie können es mir glauben! Er hat gekündigt. Von heute auf morgen. Als ob er es nicht mehr nötig hätte – als ob er Millionär geworden sei.«

Mit meinem Geld, durchfuhr es Carola.

»Und wo – wo ist er jetzt?« fragte sie stockend.

»Ich weiß es nicht.« Herrn Meyer tat das schöne, dralle Mädchen leid. Ihre grünen Augen wurden feucht, aber sie bezwang sich, nicht zu weinen. »Vielleicht weiß die Zimmerwirtin mehr. Ich nehme an, daß sie doch die Post nachschicken muß!«

So kam Carola an die Adresse Polteckys. Sie nahm sich ein Taxi – eine Straßenbahn war ihr viel zu langsam, so erregt war sie – und fuhr bis vor das große Haus, in dem Poltecky sein schmales, armseliges Zimmer hatte.

Die Wirtin musterte Carola mit unverhülltem Mißtrauen und körperlich spürbarer Abwehr.

»Wer sind Sie?« fragte sie. Das ist eine beliebte Frage aller Zimmerwirtinnen, auf die stets mit einer Lüge geantwortet wird.

»Ich bin die Verlobte Herrn Schusters.«

»Ach – davon hat er mir aber gar nichts erzählt!«

Auch dieser Satz gehört zum Standardrepertoire einer Zimmervermieterin und erweckt den Eindruck, als wisse sie alles. Carola biß sich auf die Unterlippe und nagte an ihr.

»Er hat mich in Fulda besucht! Dort haben wir uns verlobt.«

Das war irgendwie einleuchtend. Franz Schuster war seit fast drei Wochen verreist – zuerst nach Fulda, jetzt sollte er sich in Hamburg aufhalten. Aber genau wußte das niemand. In seinem Zimmer stapelte sich die Post (alles zurückgekommene Kurzgeschichten), und einen Nachsendewunsch hatte Poltecky nicht bekanntgegeben.

»Kommen Sie rein, Frollein«, sagte die Zimmerwirtin unwirsch. »Als seine Braut können Sie das! Wenn Ihr Bräutigam nicht die Miete bezahlt hätte – das heißt, der Herr Drogist hat sie für ihn bezahlt –, dann wäre das Zimmer längst wieder vermietet!«

Carola Pfindt trat in das schmale Zimmer. Hier also wohnte er, dachte sie erschrocken. Die Ernüchterung war so groß, daß sie sich an den Tisch auf den staubigen Stuhl setzte und einen Augenblick völlig gedankenlos auf den Stapel Briefe starrte. Dann fiel ihr Blick in den leeren Papierkorb, auf dessen Boden ein einsamer, zerrissener Zettel lag. Carola hätte ihn nicht beachtet und den flüchtigen Blick weitergewendet, wenn sie nicht die Zahl 3000 gesehen hätte.

So bückte sie sich, holte die einzelnen Schnipsel des Zettels aus dem Papierkorb, schob mit der Hand den Briefstapel zur Seite und setzte auf der Tischplatte das zerrissene Stück Papier zusammen.

Es war leicht. Es war das Stück eines Notizblockes. Mit der Hand hatte Poltecky darauf geschrieben:

3000,– DM von Carola.

4000,– DM von Erna.

Fehlen 8000,– DM.

Von Martina?

Carola starrte auf den Zettel. Was sie las, war so ungeheuerlich, daß sie sich selbst zwingen mußte, es überhaupt zu glauben.

Dann, als ihr voll zum Bewußtsein kam, was diese Notiz für sie bedeutete, fiel ihr Kopf auf die Tischplatte, und sie weinte haltlos und aus tiefem Schmerz …

Fast eine halbe Stunde saß sie so, zusammengesunken und weinend, und wollte sich zwingen, daran zu glauben, daß alles nur harmlos sei und sich aufklären würde. Aber dann sah sie wieder die Zahlen vor sich und die Namen der Mädchen, die dahinter standen.

»So schlecht kann er doch nicht sein«, sagte Carola Pfindt zu sich. Sie schob die Papierstückchen zusammen und steckte sie in ihre Handtasche. »Wie kann ein Mensch denn so schlecht sein?«

Hinter ihr quietschte die Tür. Die Zimmerwirtin sah herein. Mit ihr flutete der Geruch gekochter Wäsche in das Zimmer. Sicherlich wusch sie in einem Einmachkessel auf dem Herd.

»Wollen Sie hier warten, Frollein, bis er kommt?« fragte sie grob. »Dann machen Sie sich mal parat für'n paar Wochen. Er hat nämlich bei dem Drogisten gekündigt – und wenn er die Miete nächste Woche nicht bezahlt, setze ich seine Klamotten vor die Tür. Von mir aus können Sie solange wohnen bleiben. Bis dahin ist ja die Miete bezahlt. Aber dann – nee, keinen Tag länger! Der fiel mir sowieso auf die Nerven mit seinem Schreibmaschinengeklapper. Jede Nacht ging's los – und durch die dünnen Wände hört man alles. Ein verhinderter Künstler – für so was habe ich immer geschwärmt! Nächste Woche ist Sense!«

»Ich gehe ja schon.« Carola stand auf. Die Zimmerwirtin sah sie verblüfft an, als Carola an ihr vorbei auf den muffigen Flur trat. »Auf Wiedersehen«, sagte Carola tapfer.

Sie hielt sich nicht eine Stunde länger in Köln auf. Mit dem nächsten Zug fuhr Carola Pfindt nach Fulda zurück.

In ihrer kleinen Wohnung schüttete sie die Papierschnipsel aus der Handtasche auf den Tisch und klebte den Zettel auf einer Kartonunterlage wieder zusammen.

Je öfter sie ihn jetzt las, um so heftiger wurde ihr Zorn gegen Poltecky, um so bedrückender und atembeklemmender ihre Enttäuschung und um so drängender und unnachgiebiger ihr Wunsch nach Rache.

»Er hat auch die anderen Mädchen betrogen!« sagte sie laut. Sie saß auf dem Sofa, das zusammengeklebte Papier vor sich auf dem Tisch, ein Beweisstück, das kein Leugnen mehr zuließ. »Er hat uns Liebe vorgespielt – und es ging ihm nur um Geld. Oh, dieser gemeine Kerl!« Sie weinte wieder und drückte die Fäuste gegen die Augen. »Ich werde dich anzeigen«, schluchzte sie. »Ich werde dich ins Zuchthaus bringen. Ich könnte dich umbringen – ich – ich ...«

Sie fegte mit einer verzweifelten Handbewegung den Zettel vom Tisch.

Als ihr Blick dem flatternden Stück Papier folgte, sah sie neben der Tür auf dem Boden ein dünnes Briefkuvert liegen. Es war durch den Briefschlitz gesteckt worden, während ihrer Abwesenheit in Köln, und sie hatte es bei der Rückkehr in ihrer Erregung nicht bemerkt. Ein Brief!

Carola schnellte von dem Sofa hoch und rannte an die Tür.

Ein Brief. Poststempel Bad Godesberg am Rhein.

Die Handschrift Polteckys! Er hatte geschrieben! Er hatte geschrieben. Endlich – endlich ...

»Wie lieb du bist ...« sagte sie, noch immer weinend und bevor sie den Brief gelesen hatte.

Draußen war der Abend über das Siebengebirge gezogen. Auf dem Rhein fuhr langsam ein Tanzschiff stromaufwärts. Lustige Musik klang bis hinauf zu der Terrasse von Dicoccas Haus – die Lampions und bunten Glühbirnengirlanden schwankten im Wind –, man hörte das Singen weinfroher Menschen.

Es war ein herrliches Bild des Friedens und der Lebenslust. Poltecky nahm noch einen Schluck Orangensaft und genoß die seltene Aussicht. Dann nahm er entschlossen den Hörer ab und wählte Ernas Nummer.

»Ich befinde mich hier in der besten Gesellschaft, Erna«, sagte er. »Du brauchst dir keine Sorgen zu machen. Ich werde verpflegt wie ein Rassepferd, verwöhnt wie eine Primadonna ...«

»Laß den Blödsinn, Boy!« Joe Dicocca nahm ihm den Hörer ab und setzte sich auf die Tischkante.

»Sie sind das Girl von diesem Idioten hier?« fragte er. »Erna Vorwerck. Vom Auswärtigen Amt in Bonn! Okay, Mädchen – nun hör einmal zu, was wir mit deinem Playboy vorhaben!«

»Wer ist denn da?« fragte Erna.

Sie hatte sich mit weichen Knien in den Sessel gesetzt, als sie nach dem Abheben des Telefonhörers die Stimme Polteckys vernahm, der sagte: »Sei ganz ruhig, mein Liebling. Hier sind ein paar Ehrenmänner, die haben mich gekidnappt. Wie im Film! Und jetzt wollen sie etwas von dir.«

Franz entführt? Aus Godesberg entführt? Mitten in Deutschland – einfach von der Straße weggeholt? Sie dachte einen Augenblick daran, sofort die Polizei anzurufen, aber dann sprach Franz weiter, und Dicoccas Stimme ließ sie völlig wie festgewurzelt auf dem Sessel sitzen bleiben.

»Wer hier ist, my Girl, das ist unwichtig. Wir sind Freunde, solange Sie tun, was wir wollen, und wir sind – na ja – Sie: werden nicht so dumm sein, das auszuprobieren!«

»Was wollen Sie?« fragte Erna. Schreckliche Angst kroch in ihr empor und lähmte ihre Zunge. Was haben sie mit Franz gemacht, dachte sie. Auch wenn er so fröhlich spricht – diese Stimme da von diesem Kerl, die ist wie das leibhaftige Grauen. Mitleidlos kalt, zu allem bereit.

»Wir haben Ihren Boy hier als Gast! Noch lebt er wie die Lollobrigida und knabbert Sandwichs und trinkt Orangensaft mit Whisky – was ganz Neues, my Girl!« Dicoccas Stimme verlor den Plauderton. Erna spürte fast die Kälte, die ihr entgegenwehte. »Aber er wird in kurzer Zeit singen wie zehn in Sing-Sing gegrillte Mörder, wenn Sie nicht mitmachen, Mädchen! Also, hör einmal zu: Du bist beim Auswärtigen Amt! Du schreibst die Briefe, die uns leidenschaftlich interessieren! Es sind keine großen Sachen, durchaus nicht – aber Kleinvieh macht auch Mist. Wenn du deinen Gigolo wiederhaben willst – gesund wiederhaben, nicht als verbogenes Gestell wie 'ne Plastik von Moore oder Picasso – dann wirst du ab morgen ein Kohlepapier und ein weißes Papierchen mehr in die Maschine schreiben und uns die Durchschläge in die offenen Händchen drücken. Dein Süßer bekommt dann seine 14 000 Eier und noch 'ne Stange mehr, du kannst dir einen Nerz um den süßen Nacken hängen und 'n Brillantband als Strumpfhalter um die weißen Schenkelchen – du brauchst nur zu sagen: Okay, Boß!«

»Also Spionage!« sagte Erna Vorwerck atemlos. Zum erstenmal seit ihrer Tätigkeit kam sie mit diesen Kreisen in Berührung. Sie erinnerte sich an die Worte, die Ministerialrat Dr. Kruge ihr bei ihrem Eintritt in das Auswärtige Amt gesagt hatte: »Fräulein Vorwerck – es wird nicht lange dauern, und man wird zu Ihnen kommen und Ihnen ein Angebot machen. Sie wissen, was ich meine. Kommt jemand, so sagen Sie ja! Auf jeden Fall ja! Aber verständigen Sie anschließend sofort mich! Alles Weitere geht dann von allein ... Haben Sie keine Angst, wir werden Sie vor allen Widerwärtigkeiten schützen. Und werden Sie – das im Vertrauen – nicht blind durch die Liebe. Sie ist ein beliebtes Mittel dieser Burschen. Seien Sie immer mißtrauisch.«

»Spionage!« sagte Dicocca. »Auch Ihr Boy wirft mit diesem Wort um sich wie mit faulen Eiern! Ich will nur mit Ihnen tauschen: Sonnyboy gegen Durchschläge! Wenn das kein glattes Geschäft ist! Ihnen passiert nichts, ihm passiert nichts – und 'ne Stange D-Mark tragt ihr beide heim! Na, wie ist's?«

»Und was geschieht, wenn ich nein sage?«

Während Erna diese Frage stellte, hatte sie das Telefonbuch herangezogen und blätterte darin herum. Kenzler – Klagenberg – Kreibaum – Kruge, Bernhard, Dr., Ministerialrat, 34 56 92. Sie legte den Zeigefinger auf die Nummer und hörte auf die Stimme Dicoccas. Obwohl die Angst um Franz sie fast lähmte, war eine Entschlossenheit in ihr, vor der sie später selbst staunen sollte.

»Wollen Sie das wirklich wissen?« fragte Dicocca.

»Ja.«

»Du bist ein Sadist, my Girl!«

»Sie werden ihn quälen, nicht wahr?«

»Die Chinesen sind berühmt wegen ihres Einfallsreichtums in der Grausamkeit. Wir werden sie übertreffen! Wir schicken dir zunächst einen ausgerissenen Zehennagel.«

»Das hört nach zehn Tagen auf.«

Dicocca legte die Hand über die Sprechmuschel und starrte Poltecky an. Sein Gesicht war ratlos. »Das Mädchen hat Nerven«, sagte er leise. »Die läßt dich zerteilen und rechnet noch mit, wie lange es dauert!«

»Meine liebe, süße Erna«, sagte Poltecky fröhlich.

»Dann schicken wir dir die Fingernägel!« schrie Dicocca.

»Macht mit den Zehennägeln zusammen zwanzig Tage. Und dann?«

»Dann hängen wir ihn auf!«

»Und dann haben wir Ruhe! Aber Sie haben dann noch lange keine Durchschläge der Geheimbriefe! Was wollen Sie eigentlich von mir?«

»Girl!« Dicocca spürte einen plötzlichen Schweißausbruch. Er wischte sich mit dem Hemdärmel über die Stirn. Mit allem hatte er gerechnet, mit einem Schrei, einem Nervenzusammenbruch, einem Flehen und Betteln – aber nicht mit dieser eisigen Reaktion. »Hör mal – hast du den Burschen denn gar nicht ein bißchen lieb? Ein so netter Junge, so brav, so lustig, so hübsch, so begabt, so treu.«

»Wenn Sie das behaupten, kennen Sie ihn nicht!« Erna Vorwerck atmete tief auf. »Was wollen Sie also machen, wenn ich nein sage?«

»Dann werfe ich den Burschen hier den Hang hinunter in den Rhein! Aber Sie sind seine Mörderin! Ihr Gewissen wird Ihnen keine Ruhe lassen.«

»Wie können gerade Sie von Gewissen reden?«

»Weil ich keins habe, weiß ich, wie schwer die daran tragen, die eins haben! Also …« Dicoccas Stimme wurde hart und kalt, »In zwanzig Minuten lernt dein Boy bei uns fliegen!«

In Erna kroch wieder die wahnsinnige Angst empor. Daß der Mann am anderen Ende der Telefonleitung keine großsprecherischen Reden führte, sondern auch ausführte, was er ankündigte, was er ankündigte, war gewiß.

»Angenommen, ich sage zu«, sagte Erna stockend.

Dicocca zuckte von der Tischkante hoch. »Girl – ich wußte es!« schrie er fast.

Poltecky fuhr herum.

»Nein Erna!« schrie er. Er wollte den Hörer aus Dicoccas Hand reißen, aber dieser schlug ihn mit der Faust auf den Arm. Es war ein Schlag, der Polteckys Arm gefühllos werden ließ. »Bist du wahnsinnig, Erna?« brüllte Poltecky.

Erna hörte es. Sie umkrampfte den Hörer und holte tief Luft. Nur nicht weich werden – weiter bluffen! Tief atmen!

»Wann lassen Sie Franz frei?«

»Morgen, wenn Sie die ersten Durchschläge gebracht haben.

»Nein!« brüllte Poltecky wieder. »Tu es nicht, Erna. Ich habe keine Angst! Die Kerle bluffen doch nur!«

Dicocca winkte. Die beiden stummen Männer an der Tür nahmen Poltecky, hoben ihn empor und trugen ihn aus dem Zimmer.

»Jetzt sind wir allein, Girl«, sagte Dicocca freundlich. »Der böse Junge weinte immer dazwischen. Wir haben ihn in die Heia geschickt.«

»Wenn Sie ihm etwas getan haben, wenn Sie ihm ein Haar gekrümmt haben, bekommen Sie keine Zeile von mir!« rief Erna erschrocken.

»Er wird behandelt wie eine Orchideenblüte, mein Süßes. Und nun hör einmal zu: Du legst dein zweites Kohlepapier morgen ein. Was du dann im Laufe des Tages gesammelt hast, das bringst du nach Godesberg und legst es, als Paket verschnürt, auf die dritte Bank der Rheinpromenade, von der Anlegestelle der Köln-Düsseldorfer Schiffe an gerechnet. Punkt 19 Uhr muß es sein. Du bleibst zehn Minuten neben dem Päckchen sitzen, stehst dann auf und gehst weg und vergißt das Päckchen. Und du drehst dich nicht um. Tust du es doch, dann kannst du deinen Boy aus dem Rhein sammeln, und dich kitzeln wir mit einer gutsitzenden Kugel. Es hört keiner, my Girl – wir haben Schalldämpfer am Revolver und einen kaputten Auspuff am Wagen, der Krach genug macht. Alles okay?«

Erna nickte. Dann sagte sie laut, mit der letzten Kraft, die sie aufbrachte, um einen Galgenhumor zu zeigen:

»Okay, Boß.«

Zufrieden legte Dicocca den Hörer hin.

In Hamburg freute sich Martina Schneewind sehr über den langen Brief Polteckys.

Sie hatte während der Schulungstage Gelegenheit, mit ihrem Schulrat zu sprechen und ihm zu sagen, daß sie beabsichtige, bald zu heiraten.

»Aber Sie bleiben noch im Dienst, Fräulein Schneewind?« sagte der Schulrat fast bittend. »Sie wissen doch, was in unserem Schulwesen los ist. Dieser Lehrermangel! Wir kämpfen um jeden Junglehrer, der von der Akademie kommt.«

Martina lachte. »So schlimm wird es nicht sein.«

»Gerade eine so erfahrene Pädagogin wie Sie möchte ich nicht verlieren. Die Heirat – ich freue mich, daß Sie einen Mann fürs Leben gefunden haben – wird Sie doch nicht hindern, weiter Schuldienst zu tun. Ist Ihr zukünftiger Gatte ein Kollege?«

»Nein. Er ist Drehbuchautor.«

»Drehbuchautor? Ach so. Tja!« Der Schulrat nickte mehrmals. »Ein freischaffender Künstler. Da würde ich sowieso raten, auf das sichere Beamtentum nicht zu verzichten. Sie wissen jeden Monatsersten, was Sie an Gehalt bekommen, Ihre Pension ist Ihnen sicher, es gibt keine Alterssorgen – aber ein freischaffender Künstler?!«

»Genau das habe ich auch gedacht.« Martina preßte die Mappe, die sie unter dem Arm trug, fest an sich. »Auch wenn mein zukünftiger Mann im Augenblick soviel verdient, wie ich in fünf Jahren.«

»Wissen Sie, was in fünf Jahren mit Ihrem Gatten ist? Sie wissen es von sich: In fünf Jahren bekommen Sie ebenso sicher wie heute Ihr Gehalt und dann noch drei Stufen höher!« Der Schulrat legte Martina seine Hand auf den Arm. »Bleiben Sie im Dienst, Fräulein Schneewind. Nehmen Sie den

Rat eines alten Mannes an. Mag im Augenblick auch der Erfolg Ihres zukünftigen Gatten berauschend sein – eine Schule mit Schulkindern wird es immer geben, und eine Lehrerin wird immer gebraucht werden.«

Sehr nachdenklich lag Martina an diesem Abend in ihrem Hotelbett und starrte an die Decke. Was der Schulrat gesagt hatte, war logisch. Franz würde gut verdienen – in diesem Jahr, im nächsten Jahr – vielleicht auch im übernächsten Jahr. Aber war das sicher?

Martina Schneewind beschloß, sich in der Abwesenheit Polteckys einmal mit Direktor Walker von der Astoria-Film darüber zu unterhalten. Vielleicht bekam Franz einen Fünfjahresvertrag – man las davon in den Zeitungen und Illustrierten – und war gesichert. Denn in fünf Jahren konnte Poltecky sich so durchgesetzt haben, daß sein Name genügte, um Erfolg zu versprechen.

Martina glaubte ganz fest daran. Eine verliebte junge Frau ist immer bereit, zu glauben.

Vielleicht konnte sie Franz mit einem Fünfjahresvertrag überraschen, dachte Martina Schneewind. Sie wollte ihm diesen Vertrag als Geschenk auf den Tisch legen, wenn Poltecky von den Außenaufnahmen nach Hamburg zurückkam.

»Das ist unsere Sicherheit!« wollte sie dann sagen. »Jetzt kann ich in der Schule aufhören.«

Ministerialrat Dr. Kruge war weder verblüfft noch entsetzt, wie Erna Vorwerck es erwartet hatte, als sie ihm mit ziemlich kleiner und mit Weinen durchsetzter Stimme von den Vorwürfen des vergangenen Abends berichtete.

Es ist erstaunlich«, sagte Dr. Kruge sinnend, »mit welcher Frechheit diese Burschen arbeiten. Ich werde sofort den Verfassungsschutz benachrichtigen und den BND. Vielleicht kommen wir hier einer Organisation auf die Spur, die wir schon lange suchen. Mit amerikanischem Akzent sprach der Mann?«

»Ich meine ja. Es kann aber auch ein Engländer sein. Auf jeden Fall kann so nur ein sonst englischsprechender Mann die deutsche Sprache aussprechen.« Erna sah auf die Hand Ministerialrats Kruges, die zum Telefon griff. Sie hatte schreckliche Angst vor dem, was jetzt kommen würde. »Wird man Herrn Poltecky auch nichts tun?« fragte sie leise. »Sie haben gedroht, ihn in den Rhein zu werfen, wenn ich die Polizei oder Sie benachrichtige.«

Dr. Kruge schüttelte den Kopf. »Wir werden nichts unternehmen, was Ihrem Herrn Bräutigam Unannehmlichkeiten eintragen könnte. Wir werden die Burschen zunächst nur beschatten. Sie werden sogar die gewünschten Durchschläge abliefern. Und erst, wenn Ihr Bräutigam wieder zu Hause ist, werden wir uns näher um die lieben Mitbürger kümmern.«

»Ich soll also wirklich?«

Dr. Kruge nickte. »Die Meldungen, die Sie ›verraten‹, werden von uns sorgfältig ausgewählt. Einige ›Rosinen‹ werden wir hineingeben, damit es auch wirklich echt aussieht. Und dann wird alles so ablaufen, wie es Ihnen dieser Gauner am Telefon geschildert hat. Nur natürlich unter Beobachtung.«

Erna Vorwerck legte die Hände aneinander. Sie zitterte und war blaß.

»Angst?« fragte der Ministerialrat.

»Sehr …«

»Wenn diese ganze unangenehme Sache vorbei ist, fahren Sie in Urlaub, Fräulein Vorwerck. Vielleicht sind Sie dann schon Frau v. Poltecky, was?«

»Vielleicht.«

»Ihr Ehedarlehensgesuch habe ich befürwortend weitergegeben.«

»Das ist schön! Besten Dank, Herr Ministerialrat.«

Erna Vorwerck sah auf den gewachsten Linoleumboden. Sie hatte nicht den Mut, zu sagen: Er liebt mich ja gar nicht. Ich habe mir das alles nur eingebildet! Er sieht in mir nur seine Kusine, weiter nichts! Und um 4000,– DM hat er mich betrogen – nur des Geldes wegen ist er zu mir gekommen. Aber ich habe Mitleid mit ihm – oder ist es Liebe?

Dr. Kruge hatte eine Hausrufnummer gewählt und sprach jetzt mit einigen anderen Herren des Ministeriums. Der »Fall Poltecky« war ins Rollen gekommen.

An diesem Tage wurde Erna Vorwerck von verschiedenen Stellen verhört. Immer mußte sie das gleiche erzählen, Protokolle unterschreiben oder Tonbandaufnahmen ihrer Aussage abhören und schriftlich bestätigen. Ein Ministerialdirigent sprach mit ihr, ein Staatssekretär, ein unscheinbarer Mann mit grauen Haaren und einem Bürstenschnitt wollte wissen, wie sie an die Bekanntschaft Polteckys gekommen sei, und pfiff durch die Zähne, als er von der Zeitungsanzeige hörte. Dann bekam sie von dem kleinen, grauhaarigen Mann einen zugeklebten, dicken Brief.

»Den übergeben Sie heute abend auf der Rheinpromenade den Leuten!« sagte er. »Weiter brauchen Sie nichts zu tun. Sobald Ihr Bräutigam wieder entlassen ist – auch das sehen wir ja, denn wir lassen Sie ab sofort überwachen –, fahren Sie in Urlaub! Sie verraten keinem Ihr Urlaubsziel. Wenn Sie nach drei Wochen zurückkommen, ist alles vorbei!«

»Danke«, sagte Erna schwach.

Sie begriff kaum noch, was um sie vorging. Das Zimmer Dr. Kruges war mit Männern überfüllt, die durcheinander sprachen. Sie hielt den dicken Brief in den zusammengekrampften Fingern und fühlte sich, als halte sie ein Todesurteil, ihr eigenes Todesurteil, in der Hand.

»Wird der Anrufer sein Versprechen halten und Herrn v. Poltecky freigeben?« fragte Dr. Kruge in das vielstimmige Gemurmel hinein. »Wenn er ihn nun weiterhin festhält?«

»Das wird er nicht tun.« Der kleine, grauhaarige Mann lächelte. »Unter dieser Kategorie von Gaunern herrscht ein bestimmter Ehrenkodex! Sie wollen Meldungen – also müssen sie ihr Versprechen halten. Ein toter Poltecky nutzt ihnen gar nichts, ein gefangener auch nicht. Sie müssen sich mit seiner Freigabe das Vertrauen erkaufen – ein ganz einfacher Gedankengang.«

»Und die Gefahr, von dem freigelassenen Poltecky verraten zu werden?«

»Ist minimal. Poltecky wird gar nicht wissen, wo er sich befindet. Außerdem ...«, der kleine grauhaarige Mann beugte sich zu Dr. Kruge hinüber und sprach leiser, damit Erna es nicht verstehen konnte, »... scheint es mir, daß dieser Poltecky die Polizei zu fürchten hat. Wir werden uns nach der Aktion darum kümmern! Es ist da ein dunkler Punkt, den die Entführer wissen und der sie sicher macht. Auch das Fräulein weiß ihn, aber verschweigt ihn. Aber das ist im Augenblick nicht so wichtig. Damit werden wir uns später befassen.«

»Wir sollten Herrn v. Poltecky dankbar sein, daß er uns auf diesen Spionagering gebracht hat.«

»Das werden wir auch. Sollte er etwas ausgefressen haben, so wird das strafmildernd wirken.« Der kleine grauhaarige Mann, von dem niemand – außer Dr. Kruge – wußte, wer er war, und der sich schlicht Herr Mertens nannte, wandte sich wieder zu Erna Vorwerck.

»Sie brauchen keine Angst zu haben«, sagte er noch einmal. »Hinter Ihnen steht jetzt ein bestens eingearbeiteter Staatsapparat.«

Sie hatte eine Flasche Wein ganz allein getrunken und war in einer seligen und doch weinerlichen Stimmung.

Vor ihr lag der Brief Franz v. Polteckys und daneben der zusammengeklebte Zettel, den sie im Papierkorb des Kölner Zimmers gefunden hatte.

Carola Pfindt wußte nicht mehr aus noch ein. Sie begriff nicht, was der Zettel bedeutete, der genau das Gegenteil von dem aussagte, was in dem Brief stand. Sie wußte überhaupt nicht mehr, ob sie Poltecky noch liebte oder nicht, ob sie die Polizei anrufen oder auf ihn warten sollte, ob sie ihm glauben oder ihn einen Lumpen nennen sollte.

Da hatte sie Trost und Vergessen beim Wein gesucht. Und nun – mit dem letzten Tropfen der Flasche – war wieder alles anders und total verfahren und vollkommen verwirrt.

Nun liebte sie Poltecky wieder und hatte Sehnsucht nach seinen streichelnden Händen, seiner Stimme, seinen Augen, seinen Lippen.

Sie wußte nicht mehr, wie sie ins Bett gekommen war. Am nächsten Morgen erwachte sie mit einem Kopf, der zu zerspringen drohte. Sie legte einen nassen, kalten Waschlappen auf die Stirn und starrte an die Decke. Wenn sie den Kopf bewegte, war es, als hämmerten tausend kleine Teufelchen auf ihren Nerven herum.

Durch den Briefschlitz der Tür fiel die Morgenpost. Drucksachen, die Telefonrechnung – Carola sah es vom Bett aus an dem Umschlag –, eine Frauenzeitschrift, die Tageszeitung.

Seufzend stand sie auf, ging barfüßig zur Tür, nahm die Zeitung und ging zum Bett zurück.

Sie las zuerst die Kulturseite, dann »Aus aller Welt«. Eine kleine Meldung überlas sie:

> »In Hamburg wurde Herwig Walker wegen mehrfachen Betruges verhaftet. Walker hatte eine Filmgesellschaft gegründet und eine Reihe von Personen um ihr Geld geprellt. Die ›Astoria-Film‹, wie er seine fingierte Gesellschaft nannte, hat nie einen Film hergestellt. Trotzdem gelang es ihm, über 350 000,– DM zu erschwindeln.«

Einen Augenblick stutzte Carola bei dem Namen »Astoria-Film«. Es war ihr, als habe sie den Namen schon irgendwo einmal gehört. An Poltecky dachte sie nicht – sein Film wurde ja gedreht, wie er schrieb. Die Außenaufnahmen waren am Rhein, in einer Woche kam er nach Fulda.

Sie blätterte um und las auf der anderen Seite weiter.

Joe Dicocca steuerte selbst den Wagen.

Zehn Minuten vor der mit Erna Vorwerck ausgemachten Zeit pendelte er auf der Rheinpromenade hin und her, fuhr um einige Häuserblocks herum und beobachtete dabei eingehend die Umgebung.

Er sah nichts Verdächtiges. Keine gewollt langweilig Herumstehenden, keine fremden Andenkenverkäufer, kein Eismann, der mehr in die Gegend schaute als auf seine Waffeln, keinen Straßenkehrer, der immer die gleiche Stelle fegte, obwohl sie längst sauber war.

Sie hat doch nicht die Polizei verständigt, dachte Dicocca zufrieden. Es scheint so, als habe ich einen Goldfisch mit dem richtigen Köder eingefangen.

Was Joe Dicocca nicht sah, war die gute Regie des kleinen Mannes mit den grauen Bürstenhaaren.

Auf dem Rhein lag ein altes Boot. Zwei Matrosen strichen es mit weißer Farbe an. Der Fahrkartenverkäufer in dem Pavillon der Rheinschiffahrts-Gesellschaft war ausgewechselt worden. Mitten auf dem Rhein lag ein Schleppkahn. Hinter dem Glas der Kajüte saßen zwei Beamte an einem scharfen Scherenfernrohr und ließen die Bank, auf die sich Erna Vorwerck setzen sollte, nicht aus dem Fadenkreuz der Okulare. Nicht weit von dem Schiffahrtspavillon stand ein Kleinwagen an der Straße, umlagert von neugierigen Jungen. Das Auto hatte eine Reifenpanne, und ein Mann in einem hellen Sommeranzug wechselte fluchend das Rad. Er wurde von den Umstehenden mit guten Ratschlägen gefüttert, was ihn anscheinend noch wütender machte. Dicocca sah diese Szene beim langsamen Vorbeifahren und lächelte breit. So eine Panne ist verflucht, dachte er. Vor allem wenn man einen hellen Anzug anhat. Außerdem lenkt diese Panne die Leute von der Bank ab.

Pünktlich kam Erna Vorwerck die Rheinpromenade herab. Sie hatte den dicken Briefumschlag neben der Handtasche unter den Arm geklemmt und stellte sich, als sie die Bank, die Dicocca ihr bezeichnet hatte, mit einem alten Mann besetzt fand, an den Rhein und sah dem Schleppkahn zu, auf dessen Laufgang ein Matrose stand und die Planken schrubbte.

In der Kajüte beobachtete man Erna durch das Scherenfernrohr.

»Das ist sie«, sagte der eine Beamte. »Jetzt geht's los!«

Joe Dicocca fuhr wieder um den Häuserblock am Rhein. Der alte Mann auf der Bank störte sein Konzept. Aber wie kann man einem alten Mann verbieten, sich auf einer öffentlichen Bank auszuruhen?! Auch entfernen kann man ihn nicht – man kann nur Geduld haben.

Erna Vorwerck ging ein paarmal um den Schiffahrtspavillon herum. Dann setzte sie sich auf die Bank, an das andere Ende, und legte die Tasche mit dem Brief neben sich. Sie schlug die Beine übereinander, nahm dann ihre Tasche und holte Puder und Lippenstift hervor. Ohne auf die Blicke des alten Mannes zu achten, besah sie sich ihre Lippen und die Wangen in dem kleinen Puderdosenspiegel und begann, sich zu schminken.

Dem alten Mann schien dies zu mißfallen. Er räusperte sich, erhob sich und ging brummend an Erna Vorwerck vorbei die Rheinpromenade weiter hinab.

Dicocca schlug vor Freude mit der flachen Hand auf das Lenkrad seines Wagens. Gut macht sie das, freute er sich. Wie eine gelernte Agentin! Das Mädel hat Talent! Er fuhr auf die andere Seite der Uferstraße und wartete.

Erna Vorwerck klappte ihre Tasche zu, klemmte sie unter den Arm und stand von der Bank auf. Das Kuvert blieb liegen. Dann ging sie langsam, ohne sich umzusehen.

Mit dem Aufstehen Ernas von der Bank begann bei den Beobachtern atemlose Spannung und Konzentration.

Die beiden Matrosen, die den Kahn strichen, ruhten sich aus, in der Kajüte des Schleppkahns umklammerte der Beamte am Scherenfernrohr das eiserne Stativ. Der Mann im hellen Sommeranzug hatte seinen Reifen endlich angebracht und trocknete sich die verölten Finger an einem Lappen ab. In der Fahrkartenausgabe der Dampferlinie schloß der Verkäufer einen Augenblick den Schalter und schob eine Kamera seitlich hinter das Klappfenster.

Und auch Joe Dicocca wartete. Mit laufendem Motor, die rechte Hand im Handschuhkasten liegend. Dort umklammerte er eine automatische Pistole.

Über die Rheinpromenade schlenderte ein junger blonder Mann. Hellgraue Hose, offenes weißes Hemd. Er sah die freie Bank, beschleunigte den Schritt, als habe er Angst, jemand anderes könnte den schönen Platz wegnehmen, und setzte sich.

Im Pavillon klickte zum erstenmal die Kamera. Im Scherenfernrohr sah man deutlich das Gesicht des jungen Mannes. Ein frisches, offenes, nettes Jungengesicht. Der Beamte zuckte mit den Schultern. »Kein Bekannter«, sagte er leise, als könne man es über den Rhein hinweg hören. »Guck du mal!«

Auch der andere Beamte in der Kajüte schüttelte den Kopf.

Sie warteten weiter.

Nach fünf Minuten stand der junge Mann wieder auf. Das Kuvert aber lag nicht mehr auf der Bank. Der junge Mann schlenderte über die Straße auf Dicoccas Wagen zu, stieg ein, und der Wagen fuhr schnell davon.

Aus dem Pavillon stürzte der kleine Mann mit den grauen Bürstenhaaren. »Na?« rief er dem Mann mit der Autopanne zu. »Was ist?«

»Die Autonummer haben wir«, sagte der. »Die Fahndung kann losrollen.«

Martina Schneewind hatte sich alles genau und lange überlegt, ehe sie handelte. Sie hatte an ihrem Plan, mit Direktor Herwig Walker zu sprechen und einen Vertrag für Franz v. Poltecky auszuhandeln, festgehalten.

Franz war am Rhein zu den Außenaufnahmen seines Filmes, die Worte des Schulrates, daß ein künstlerischer Beruf immer etwas Unsicheres und von den Launen des Schicksals, des Könnens und des Publikums abhängig sei, waren nicht zu widerlegen, und auch sie selbst empfand eine Scheu vor der Zukunft, die man ihr zwar golden geschildert hatte, die aber in keiner Weise mit der Sicherheit eines Beamtendaseins vergleichbar war. Das alles bestärkte sie in ihrem Entschluß.

Nach dem Abschluß des Lehrganges rief sie sofort bei der Astoria-Film an. Es meldete sich ein Maklerbüro.

»Wieso Verkauf von Häusern und Grundstücken?« fragte Martina und sah noch einmal auf den Briefkopf der Filmgesellschaft. Die Telefonnummer stimmte. »Ich möchte Herrn Direktor Walker von der Astoria-Film sprechen.«

»Dann wenden Sie sich am besten an das Untersuchungsgefängnis«, sagte Herr Dallmayer, der Grundstücksmakler. »Sie sind in einer Woche der dreiundsechzigste Anrufer! Dieser Walker muß ein Genie gewesen sein! Wer so viele Leute betrügt, sollte einen Lehrstuhl für Psychologie bekommen.«

»Betrügen?« Martina umklammerte den Telefonhörer, als wolle man ihn ihr entreißen. »Aber was reden Sie denn da? Am Rhein werden doch die Außenaufnahmen gedreht ...«

»Und der Schlußakt im Hamburger Landgericht!« Herrn Dallmayers Stimme war fast mitfühlend, als er weitersprach. »Wer hat Ihnen denn den Bären von den Außenaufnahmen aufgebunden, mein Fräulein?«

»Das ist kein Bär!« rief Martina empört. »Mein Bräutigam ist selbst am Rhein bei den Aufnahmen. Er ist der Drehbuchautor des Films. Franz v. Poltecky.«

»Ein langer, schmaler Herr mit ergrauten Schläfen?«

»Ja.«

»Der war hier, kurz nachdem ich das Büro übernommen hatte. Erst dachte ich, es sei ein Verrückter, so stellte er sich an. Dann rannte er aus dem Büro und fluchte. Ein Gipsbein – ich erinnere mich genau – hatte er auch.«

»Das war Franz«, sagte Martina Schneewind schwach.

»Wenn er das war, wie kann er dann zu den Außenaufnahmen am Rhein sein? Er wußte doch, daß die Firma geplatzt war.«

»Er hat mir sogar Bilder der ersten Szenen gebracht.«

»Dann hat er Sie herrlich betrogen. Verzeihen Sie, wenn ich Ihnen das so grob sage. Es tut mir leid, mein Fräulein. Aber dieser Herwig Walker sitzt seit drei Tagen im Untersuchungsgefängnis, und im Vorzimmer von Kriminal-Oberinspektor Baumann drängen sich die Gläubiger und Betrogenen wie vor der Kasse eines Fußballstadions. Lesen Sie denn keine Zeitungen?«

»Nein. Ich war nicht in Hamburg. Ich war ...« Sie sprach nicht weiter, sondern legte den Hörer zurück.

Franz hatte es gewußt – er hatte es die ganze Zeit gewußt! Irgendwo mußte er die Bilder hergestellt haben, um sie damit zu täuschen. Auch die Fahrt an den Rhein war eine

Lüge. Alles, alles war Lüge gewesen – nur die 7000 DM waren eine Realität, und sie waren verloren. Endgültig verloren. Walker hatte Franz um dieses Geld betrogen, und Franz hatte sie um ihre ganzen Ersparnisse betrogen. Es war eine Welle von Betrug, die über Martina hereinbrach.

Sie legte den Kopf auf die Arme und weinte.

Aber dieses Weinen befreite sie nicht. Er trieb sie in eine Ratlosigkeit hinein, aus der sie keinen Ausweg mehr wußte.

Um ganz sicher zu sein, fuhr sie hinaus nach Blankenese. Das »Filmatelier« war zu einer Großwäscherei geworden. Martina brauchte gar nicht die Halle zu betreten. Ein großes Schild über der breiten Rolltür schrie es ihr entgegen, als sie den Weg hinabkam.

Sie setzte sich an den Rand des Weges auf einen hohen Baumstumpf und starrte vor sich hin.

So klar sie alles sah, so sehr wehrte sie sich dagegen, in Franz einen Lumpen zu sehen. Es war unmöglich, daß ein Mensch, der so lieb sein konnte, so gemein handelte. Er hatte von Liebe gesprochen, sie wollten heiraten, sie hatte ihm alles gegeben, nicht nur ihre sauer ersparten 7000 DM.

Martina Schneewind fuhr nach Hamburg zurück. Im Polizeipräsidium ließ sie sich bei Oberinspektor Baumann melden und wurde, als sie von Poltecky sprach, sofort vorgelassen.

Ernst Baumann saß hinter einem dicken Aktenberg und erhob sich, als Martina eintrat.

»Sie sind mit Herrn v. Poltecky bekannt?« fragte er.

»Ich bin seine Braut.« Martina setzte sich und legte die Hände gefaltet in den Schoß. »Wir wollten noch dieses Jahr heiraten.«

»Warum sprechen Sie in der Vergangenheit? Hat sich da etwas geändert? Ich frage nicht aus Neugier, sondern rein dienstlich, Fräulein Schneewind.«

Martina hob hilflos die Schultern. Sie war dem Weinen sehr nahe und schluckte, um überhaupt sprechen zu können.

»Ich kann das alles nicht verstehen«, stammelte sie. »Herr v. Poltecky hat mir sogar Bilder der ersten Drehtage gezeigt.

Jetzt ist er am Rhein. Dort sollen die Außenaufnahmen stattfinden. Er schreibt begeistert davon. Ich verstehe das alles nicht.«

Kriminal-Oberinspektor Baumann drückte seine Zigarette aus. »Das ist ja ein tolles Ding! Verzeihen Sie den Ausdruck. Ihr Bräutigam, der Betrogene, spielt vor Ihnen mit Walker mit! Er belügt Sie, er läßt Fotos herstellen, er fährt an den Rhein – und hinter allem steht nichts. Gar nichts! Die Filmfirma war ein Betrug, der Betrüger sitzt sicher bei uns in einer kleinen Zelle – aber Ihr Bräutigam spielt weiter Film! Es ist nicht zu fassen! Wir suchen ihn zur genauen Schadensfeststellung – und was macht er? Anstatt als Betrogener mit den anderen Sturm zu laufen, baut er eine tolle Kulisse auf, vor der er Ihnen ein Theater vorspielt! Warum bloß? Schließlich sind 14 000 Mark keine kleine Summe.«

»7000 Mark, Herr Oberinspektor. Ich habe ihm 7000 Mark gegeben.« »Aber er hat bei diesem Walker 14 000 Mark eingezahlt.«

»14 000 Mark?« Martina Schneewind wischte sich völlig verwirrt über die Augen. »Das kann doch nicht sein. Er hatte kein anderes Geld als … Er hat mir nie erzählt, daß er …«

»Vielleicht haben wir hier den Schlüssel seines merkwürdigen Komödienspiels.« Kriminal-Oberinspektor Baumann stand auf und kam um den Tisch herum. »Woher kommen die Briefe?« Er legte der starr auf dem Stuhl sitzenden Martina die Hand auf die Schulter. Sie zuckte unter der Berührung zusammen, als habe man sie geschlagen. »Woher kommen die Briefe?«

»Der Poststempel ist Bad Godesberg.«

»Ich werde sofort mit der Godesberger Polizei in Verbindung treten. In einer Stunde vielleicht schon wissen wir, was man uns hier vorspielt. Entschuldigen Sie mich eine Minute.«

Ernst Baumann telefonierte von einem Nebenzimmer aus mit der Polizeistation in Bad Godesberg. Was er erfuhr, ließ ihn in ehrliche Verblüffung fallen. Die Polizei am Rhein sagte nämlich kurz und klar:

»Lieber Herr Kollege, über Franz v. Poltecky können wir

im Augenblick keinerlei Informationen geben. Wir haben den strikten Befehl vom Bundesverfassungsschutz, keinerlei Auskünfte über Poltecky hinausgehen zu lassen. Handelt es sich um eine Straftat?«

»Nein«, antwortete Ernst Baumann gedehnt. »Wir suchen ihn als Zeugen.«

»Das hat Zeit, bis der Verfassungsschutz Poltecky freigibt. Stellen Sie alles, was mit ihm zusammenhängt, solange zurück. Ende.«

»Ende«, sagte Baumann. Nachdenklich kam er in sein Zimmer zurück. Martina saß noch immer auf dem Stuhl, so wie er sie verlassen hatte.

»Haben Sie eine Ahnung, daß Ihr Bräutigam sich politisch betätigte?« fragte er Martina und setzte sich wieder.

»Franz? Politisch? Nein – er hat nie darüber gesprochen.«

»Hat er keine Andeutung gemacht? So in Richtung Abwehr?«

»Abwehr?« Martina sah Ernst Baumann verständnislos an. »Wie soll ich das verstehen?«

»Es ist alles sehr geheimnisvoll um Ihren Bräutigam«, sagte Oberinspektor Baumann nachdenklich. »Am besten ist, Sie gehen nach Hause und warten ab. Das ist alles, was ich Ihnen sagen kann: warten, abwarten! Herr von Poltecky wird sich schon melden. Rein privat nur darf ich Ihnen sagen, daß ich mich auch nicht mehr auskenne.«

Martina Schneewind brauchte nicht lange zu warten. Poltecky hatte sich bereits gemeldet, als sie ihre kleine Appartementswohnung betrat und den Etagenbriefkasten öffnete. Ein Brief lag darin. Poststempel Bad Godesberg.

Sie trug ihn, als sei er klebrig, mit den Fingerspitzen in die Wohnung und legte ihn auf den Tisch. Dann wusch sie sich die Hände und saß eine ganze Zeit vor dem länglichen Kuvert. Sie hatte Angst, es zu öffnen. Sie hatte wahnsinnige Angst, neue Lügen zu lesen, neue Liebesbeteuerungen, neue unverständliche Geheimnisse und nicht zu beantwortende Fragen.

Endlich schlitzte sie das Kuvert auf und entfaltete den Briefbogen. Die Anrede »Mein liebster Liebling« erzeugte

Übelkeit in ihr. So hatten alle Briefe begonnen – und alle waren Lügen.

Dann las sie weiter. Poltecky schrieb begeistert vom sonnigen Rhein, von dem Fortgang der Dreharbeiten, von seinen Plänen für neue Drehbücher, von der Kameradschaft unter den Darstellern und erzählte sogar einige Anekdoten, die sich bei den Filmaufnahmen ereignet haben sollten.

»In 14 Tagen sind wir wieder in Hamburg«, schrieb er. »Dann geht's zu den Innenaufnahmen ins Atelier. Wenn ich jetzt so alles überblicke, kann ich sagen: Wir haben unser Geld gut angelegt.«

Das war die größte Frechheit. Martina zerknüllte den Brief und warf ihn in die Ecke des Zimmers.

»Lüge! Lüge! Lüge!« rief sie, als könne es Franz v. Poltecky hören. »Was soll ich bloß tun? Was soll ich tun?!«

Als sie sich beruhigt hatte, fuhr sie wieder in die Stadt.

Der Schulrat, dachte sie. Vielleicht kann mir der Schulrat helfen. Irgend jemanden muß ich doch finden, der mir einen Rat geben kann.

In ihrer Tasche hatte sie alle Briefe Polteckys.

Joe Dicocca kam in das große Zimmer. Sein breites Gesicht glänzte zufrieden. Poltecky saß am Fenster und aß Sandwiches mit Schinken. Dazu trank er Whisky mit Sodawasser. Sein Gipsbein lag langgestreckt auf einem weichen Sessel.

»Nun?« sagte er zu Dicocca und kaute weiter. »Hat Erna Sie angeschmiert? Wenn Sie mich den Felsen hinunterwerfen wollen, warten Sie noch zehn Minuten. Dann bin ich satt. Und es kugelt sich schneller.«

»Dein Girl ist Zucker!« Dicocca setzte sich neben Poltecky auf den Mosaiktisch. »Sie hat uns Meldungen geschickt, die unbezahlbar sind. Deine 14 000 Mark kriegst du, sobald wir die zweite Information haben.«

»Erna hat tatsächlich ...«

»Sie hat, Junge. Sie hat Durchschläge gebracht, die einem die Hosen herunterreißen! Wenn ihr so weitermacht, könnt ihr euch in Lugano eine Villa hinzaubern lassen! Dein Mädel ist Gold wert.«

»Sie ist total verrückt!« schrie Poltecky. Er wollte aufspringen, aber das Gipsbein untersagte alle schnellen Reaktionen. Dicocca wieherte wie ein junges Pferd.

»Sie ist klüger als du. Und sie liebt dich! Wie man einen Idioten lieben kann, wird mir immer ein Rätsel bleiben – aber sie tut's eben! Und da sie einmal mitgemacht hat, wird sie auch weiter mitmachen. Jetzt gibt es kein Zurück mehr.«

»Sauhund!«

»Wenn auch.« Dicocca zuckte mit den Schultern. »Wir lassen dich frei. Heute nacht noch. Zur Polizei gehen kannst du ruhig – dein Girl geht dann mit hoch! Auf Landesverrat steht Zuchthaus! Also überleg es dir.« Dicocca nahm Polteckys Whiskyglas und trank es leer. »Und wenn du noch einmal ganz dringend Geld brauchst, dann geh zum alten Opperberg.«

»Wer ist Opperberg?«

»Ein Bankier. Wohnt in einem kleinen Schloß oberhalb von Honnef. Er spielt den Mäzen junger Künstler, gibt Partys, finanziert Ausstellungen und Konzerte, schickt Maler und Bildhauer nach Italien und läßt auf eigene Kosten Bücher unbekannter Schriftsteller drucken. Ein Mann, der zu einer aussterbenden Rasse gehört. Er glaubt an das Gute im Menschen und will es mit dem Geld, das er sich zusammengearbeitet hat, fördern. Ein Idealist, der es sich leisten kann, an die Menschheit zu glauben.«

»Den Namen hätte ich eher erfahren müssen«, sagte Poltecky nachdenklich.

»In einer Stunde bist du zu Hause«, sagte Dicocca.

»Und in zwei Stunden ist die Polizei hier!«

»Abwarten.«

Joe Dicocca schien sich sehr sicher zu sein. Er wäre noch sicherer gewesen, wenn er gewußt hätte, daß in Bonn wie auch in Köln bei der Zentrale die Experten der Abwehr und des Spionagedienstes vor einem großen Rätsel saßen und es nicht lösten.

Die notierte Wagennummer gab es gar nicht. Sie war so hoch, daß sie auch in zwei Jahren noch nicht in den Verkehr kommen würde. Allein auf die Wagennummer aber hatte man sich verlassen – jede Verfolgung wäre auffällig gewesen und hätte den Plan zerstört, mit den Agenten weiter in Kontakt zu bleiben.

»Es bleibt uns nur eines übrig«, stellte der kleine Mann mit den eisgrauen Bürstenhaaren fest, »daß wir über Fräulein Vorwerck weiter mit den Agenten verhandeln. Stellen wir den Wagen sicher und verhaften den Fahrer oder den jungen Mann, der die Meldungen abholt, ist uns gar nicht gedient. Sie werden nie die Hintermänner verraten – und auf diese kommt es an. An sie müssen wir heran! Alle anderen sind kleine Zwischenträger. Ich verspreche mir viel von der Rückkehr Polteckys.«

»Wenn er kommt«, sagte Ministerialrat Dr. Kruge. Er saß neben Erna dem kleinen Mann gegenüber und rauchte hastig eine Zigarre. Das Versagen des Fahndungsdienstes machte ihn nervös. Der Minister erwartete einen Bericht. Man hatte einige Meldungen, die für das Ausland wichtig waren, aber durch die Ereignisse überholt schienen, den Berichten Ernas beigelegt. Nun erwartete man im Auswärtigen Amt einen Erfolg, denn es schien unmöglich, weitere Geheimberichte zu opfern, um die Agenten in Sicherheit zu wiegen. Unwahre Meldungen aber nahm kein gegnerischer Geheimdienst an – dort saßen Experten, die sofort eine Fälschung erkannten.

»Angenommen, er kommt nicht.«

»Das wäre schrecklich.« Erna Vorwerck verkrampfte die Hände ineinander. »Wenn sie ihn nun doch töten.«

»Sie können es nicht. Man muß sich Ihre Freundschaft erhalten, Fräulein Vorwerck. Die Agenten sind in dem Glauben, Sie durch den einen Verrat in der Hand zu haben. Poltecky ist jetzt unwichtig. Sie werden ihn freilassen, denn Sie sind ihnen sicher.«

»Sie sagen das so fest, als wüßten Sie es.«

»Es ist nicht die erste Organisation, die ich stillege«, sagte der kleine Mann mit den grauen Haaren. »Seit dreißig Jahren tue ich nichts anderes. Und die Methoden der Geheimdienste sind zwar härter, aber nicht origineller geworden. Die Tricks sind verbraucht – sie variieren nur.«

»Sie glauben also, daß Poltecky heute entlassen wird?«

»Sicher!« Der kleine Mann sah auf seine faltigen Hände. »Und er wird nicht mehr wissen als wir. Leider wird es so sein.«

Es war so.

Poltecky wurde auf der Bundesstraße 9, an einer engen Stelle unterhalb des Rolandsbogens, einfach auf die Straße gesetzt.

Joe Dicocca warf ihn aus der Tür und raste dann weiter. Poltecky brauchte einen Augenblick, um festzustellen, wo er lag, denn seine Augen waren verbunden. Er rollte sich instinktiv nach links und spürte die steile Felsenwand unter seinen tastenden Händen. Dann erst entfernte er die Augenbinde. Was Dicocca gehofft hatte, nämlich daß ein anderes Auto den auf der Straßen liegenden Poltecky überfuhr und damit alle noch kommenden Probleme auf schnelle Art löste, traf nicht ein.

Poltecky wanderte auf der Straße nordwärts, Bad Godesberg entgegen. Der Gehgips war bei dem Wurf auf die Straße beschädigt worden. Er knirschte bei jedem Schritt. Eine spitze Kante schnitt in das Fleisch des Oberschenkels ein. Poltecky verbiß den Schmerz und wanderte weiter.

Ab und zu versuchte er, vorbeifahrende Autos anzuhalten. Aber niemand beachtete sein verzweifeltes Winken. Erst ein Lastwagen hielt mit kreischenden Bremsen neben ihm. Der Kopf des Fahrers sah durch das Fenster.

»Wo willste denn hin?«

»Nach Godesberg, Kumpel.« Poltecky sah ihn dankbar an.

»Steig ein!« Der Fahrer öffnete die Tür.

Die Godesberger Polizei war genau informiert und empfing Poltecky mit offenen Armen. In weniger als zehn Minuten waren vierzehn Herren in der Polizeistation, an der Spitze der kleine Mann mit den grauen Haaren. Auch Ministerialrat Dr. Kruge und Erna Vorwerck kamen ein wenig später in das Zimmer, wo Poltecky bereits verhört wurde.

»Franz!« rief Erna. »Franz – du lebst!« Sie wollte auf ihn zustürzen, aber ein Polizist hielt sie an der Kostümjacke fest.

»Privatgespräche später. Stören Sie bitte nicht!«

Auch das Verhör ergab nichts Neues. Poltecky schilderte genau das Haus auf den Rheinhöhen, seine Entführung, die Einrichtung der Villa, das Aussehen Dicoccas, den Fruchthandel – er hatte alle Einzelheiten so genau behalten, daß die Herren des Verfassungsschutzamtes voll des Staunens waren und das Geschehen minuziös rekonstruieren konnten.

»Sie haben eine große Beobachtungsgabe«, sagte der kleine Mann mit den grauen Haaren.

»Ich habe mir deshalb alles gemerkt, weil dies ein fabelhafter Filmstoff ist«, meinte Poltecky.

»Sie wollen Ihre Erlebnisse literarisch verwerten?«

»Aber natürlich!«

»So natürlich ist das nicht. Was Sie erlebt haben, fällt unter strengste Geheimhaltung. Außerdem müssen wir Sie in Schutzhaft nehmen.«

»Schutzhaft?« Poltecky biß sich auf die Unterlippe. Er sah zu Erna hinüber und bemerkte, wie sie erbleichte.

»Bis zur Festsetzung der Agenten ist Ihr Leben in Gefahr. Wir brauchen Sie aber als wichtigsten Zeugen.« Der kleine Mann mit den grauen Haaren hob bedauernd die Hände. »Sie sind zu einer staatswichtigen Person geworden, Herr v. Poltecky.« Er sah Poltecky plötzlich scharf an und schoß die Worte ab wie eine Schnellfeuergarbe. »Übrigens hat die Kriminalpolizei Hamburg angerufen. Auch dort werden Sie gebraucht.«

»Hamburg ...« stotterte Poltecky. Hilfesuchend sah er zu Erna Vorwerck hinüber, aber auch sie war ratlos und zuckte unter den Worten zusammen.

»Oberinspektor Baumann.«

»Ich kenne ihn.«

»Ach!«

»Ich bin in Hamburg von einem Betrüger ausgenommen worden. 14 000 DM hat er mir abgenommen.«

»Eine schöne Summe. Woher hatten Sie das Geld?«

»Meine Braut hat es mir gegeben.«

»Sie, Fräulein Vorwerck?«

Der kleine Mann drehte sich zu Erna um. Sie nickte stumm. Sie merkte, wie der Blick Dr. Kruges verwundert auf ihr ruhte. Hatte sie nicht ein Darlehen verlangt, um zu heiraten? Und nun soll sie 14 000 DM gehabt haben?

»Und Sie haben sich diese Summe gespart?« fragte der kleine Mann. Er war gefährlich. Erna spürte es, obwohl seine Frage so klang, als wolle er ihr helfen.

»Ja«, hauchte sie.

»Von Ihrem Gehalt? Das ist eine Leistung.«

Erna Vorwerck sah zu Boden. Plötzlich weinte sie, laut, haltlos, sich zusammenkrümmend.

»Sie brauchen nichts nachzuprüfen!« rief plötzlich Franz v. Poltecky. Er war von seinem Stuhl emporgeschnellt und hielt sich an der Tischkante fest. Sein gebrochener Gipspanzer stach wieder in das Fleisch, aber er konnte auf dem kranken Bein stehen, ohne Schmerzen im Knochen zu spüren. »Was Sie sich da zurechtdenken, ist wüstester Unsinn! Das Geld habe ich ...«

»Franz!« rief Erna. »Es wird sich ja alles aufklären!«

»Ich habe die 14 000 Mark besorgt!«

»Als kleiner Drogist oder als erfolgloser Schriftsteller?«

»Ich könnte es gewonnen haben. Im Toto, im Lotto.«

»Das läßt sich leicht nachprüfen.«

»Geerbt!«

»Nichts ist leichter, als Tote nachzuweisen. Es wird alles gewissenhaft registriert.«

»Ich habe das Geld erschmeichelt!« schrie Poltecky. »Ja! Ich habe es durch Liebe bekommen! Ich habe drei Mädchen kennengelernt, die mir ihr Geld gaben. Aus Liebe – und wenn Sie es alle nicht glauben: Das ist die Wahrheit! Sie gaben es freiwillig, um mir zu helfen. Und dieser Gauner Herwig Walker in Hamburg hat es mir abgenommen! Darum brauchte ich Geld, darum kam ich mit diesen Agenten in Verbindung – ich wollte das Geld wieder zurückzahlen. Ich wollte es leihen – aber alle, die es mir leihen wollten, waren Agenten!«

»Und warum sind Sie nicht zu uns gekommen? Sofort?«

»Ich hatte Angst, die Polizei würde mich als einen Heiratsschwindler betrachten.«

»Das liegt nahe, Herr v. Poltecky.«

»Aber ich habe die Mädchen nicht betrogen! Glauben Sie mir. Ich habe nie das Geld verlangt – sie haben es mir freiwillig gegeben. Sie haben es mir aufgedrängt! Ich bin kein Freibeuter der Liebe. Ich wollte Martina in Hamburg sogar heiraten.«

»Ja, das wollte er«, bestätigte Erna Vorwerck.

Ministerialrat Dr. Kruge nahm seine Goldbrille ab und putzte sie hastig und nervös.

»Jetzt kenne ich mich gar nicht mehr aus«, sagte er. »Sie wollten doch heiraten! Sie haben doch um ein Darlehen gebeten. Ich habe es befürwortet.«

»Ich – ich hatte mich getäuscht«, sagte Erna leise. Sie wandte sich ab. Sie schämte sich. Poltecky rang die Hände.

»Ich habe sie getäuscht!« sagte er verzweifelt.

»Wir werden alles nachprüfen.« Der kleine Mann mit den grauen Haaren legte seine Hand auf die bisher geschriebenen Protokolle. »Ihre Heiratsjagd ist im Augenblick untergeordnet. Wichtiger ist der Agentenring.« Er legte den Kopf etwas zur Seite und nickte mehrmals. »Ich lasse Sie nach Hause gehen – die Schutzhaft scheint mir zu auffällig. Aber Sie werden einen Schatten haben, Poltecky. Sie werden keinen Schritt aus dem Haus tun, ohne daß er uns bekannt ist. Tag und Nacht.«

Poltecky setzte sich wieder. Er wischte sich den Schweiß von der Stirn und kam sich auf einmal elend und völlig zerschlagen vor.

»Ich werde zu dem Bankier Opperberg gehen«, sagte er müde. »Das darf ich doch?«

»Was wollen Sie bei Konsul Opperberg?«

»Die 14 000 Mark leihen. Er ist doch ein Mäzen.«

Der kleine Mann mit den grauen Haaren kratzte sich den Kopf. »Natürlich können Sie hingehen. Und wie ich Herrn Opperberg kenne, wird er in seiner unverständlichen Lebensgüte Ihnen das Geld auch geben. Ich möchte aber, daß Sie mich verständigen, wenn Sie die Summe ausgezahlt bekommen.«

»Natürlich. Und schreiben darf ich auch?«

»Sie sind ein völlig freier Mann, Herr v. Poltecky. Nicht, daß wir uns falsch verstehen. Sie können tun und lassen, was Sie wollen, wozu Sie Spaß haben. Nur einen Schatten haben Sie bei allen Handlungen – zu Ihrem Schutz nur, nicht zur Bewachung oder Kontrolle. Sie sind unser großer, schillernder Lockvogel. Und ich weiß, daß die Raubvögel eines Tages auf Sie niederstoßen.«

»Dann kann ich also jetzt gehen?« fragte Poltecky und stand auf.

»Natürlich!«

»Ich bin einfach frei?«

»Das waren Sie doch immer.«

»Jetzt verstehe ich überhaupt nichts mehr«, sagte Poltecky.

Er faßte Erna Vorwerck unter und verließ mit ihr die Polizeistation von Bad Godesberg. Als er sich nach ein paar Schritten umblickte, sah er, wie ein Mann ihnen folgte.

Sein Schatten.

»Ich würde Ihnen raten, einen Strafantrag wegen Heiratsschwindels zu stellen«, sagte der Schulrat.

Martina Schneewind saß ihm gegenüber in einem harten Sessel, zusammengesunken, weinend, hilfesuchend und seelisch zerrissen.

Sie hatte, als der Schulrat nach ihrem zögernden Schellen die Türe öffnete, zunächst kein Wort herausbekommen. Sie hatte gleich zu weinen begonnen. »Ich habe es kommen sehen!« hatte der Schulrat dann gesagt und sie in sein Arbeitszimmer geführt. »Ein Künstler und eine Beamtin – das kann selten gut gehen.«

»Er wollte mich doch nicht betrügen«, sagte sie. »Ich verstehe gar nicht, warum er mich so belügt.«

»Es ist ein Mangel an Vertrauen.« Der Schulrat holte nach anfänglichem Zögern eine Flasche Weinbrand und zwei Gläser. Wenn ein Schulrat mit einer jungen Lehrerin halbdienstlich alkoholische Getränke trinkt, ist das etwas Außergewöhnliches. Aber der Zustand Martina Schneewinds rechtfertigte diese Ausnahme. »Was Sie mir da alles erzählt haben«, fuhr der Schulrat fort, indem er die Gläser einschenkte, »läßt nur den einen Schluß zu: Dieser Herr v. Poltecky – stimmt der Name überhaupt?«

»Eigentlich heißt er Franz Schuster und ist Drogist.«

»Schon diese Hochstapelei mit dem Namen!« rief der Schulrat aufgebracht. »Dieses sich adlig machen! Daß Ihnen das nicht aufgefallen ist, Fräulein Schneewind! Sie haben doch Psychologie studiert.«

»Er war so charmant.«

»Er hat Sie eingewickelt! Natürlich! Er hatte es nur auf Ihre Ersparnisse abgesehen! Er wollte Sie betrügen!«

»Nein! Nein!« Martina schlug die Hände vor die Augen. »Sie kennen ihn ja nicht. Wir wollten heiraten.«

»Sie ihn – aber ob er Sie heiraten wollte?«

»Er ist nicht schlecht, glauben Sie es mir. Er ist ja selbst betrogen worden! Auch ich habe ja alles geglaubt, was man uns gezeigt hat. Das Filmatelier, den Regisseur, die Kulissen, das Außengelände. Wer wäre nicht darauf hereingefallen?«

»Ich!« Der Schulrat zog an seiner Krawatte. »Um nur ein Beispiel zu nennen! Ich sehe alle Dinge real! Ich lasse mich nicht von der Scheinwelt blenden. Ich verkehre erst gar nicht mit ihr. Ich sehe sie gar nicht! Ich weiß: Ich bin Lehrer! Ich habe jeden Tag vierzig Kinder zu unterrichten. Ich muß ein Vorbild sein. Ich habe die Verantwortung der heranreifenden Jugend gegenüber. Das ist meine Welt! Darauf konzentriere ich mein Denken, mein Tun, mein ganzes Leben. Jeder Mensch hat seinen Platz, an dem er stehen soll und muß. Voll und ganz!« Er trank hastig seinen Weinbrand, denn er hatte sich in eine Erregung geredet, die seine Kehle rauh werden ließ. »Ich kann Ihnen nur eines raten – und um einen Rat sind Sie ja zu mir gekommen: Stellen Sie einen Strafantrag wegen Heiratsschwindels! Und kehren Sie zurück in die Schule, zu Ihren Kindern, zu der Sicherheit Ihres Berufes. Und vergessen Sie alles, was geschehen ist. Es war eine Episode.«

»Und wenn wir ihm unrecht tun?« Martina sah flehend zu

dem Schulrat empor. Er wich ihrem Blick aus und ging im Zimmer hin und her.

»Er wird es ja vor Gericht beweisen können!«

»Er wird nie verstehen, daß ich ihn anzeigte. Daß ich so etwas von ihm glauben konnte.«

»Und wo kommen die anderen 7000 Mark her?«

Es war ein Argument, dem sich Martina Schneewind nicht verschließen konnte. Hier war eine Frage, die niemand beantworten konnte als Franz v. Poltecky allein. Und Martina flehte im Inneren, daß es eine glaubwürdige Antwort sein möge.

»Ich will es Ihnen sagen.« Der Schulrat goß sich noch ein Glas Weinbrand ein und trank es schnell aus. »Sie haben diesen Schuster durch eine Zeitungsanzeige kennengelernt – übrigens komisch, daß Sie auf so etwas schreiben! Gibt es keine netten Kollegen? Aber wie's sei – Sie schrieben. Glauben Sie, Sie waren die einzige Dumme – so muß ich es nennen –, die ihm schrieb? Diese anderen 7000 Mark hat er von anderen Frauen ergaunert.«

»Nein!« schrie Martina gequält dazwischen.

»Er hat auch ihnen die Ehe versprochen und ihre Ersparnisse genommen! Forschen Sie es nach, und wenn es stimmt – und es gibt da gar keinen anderen Weg, um zu dem Geld zu kommen –, haben Sie den Beweis, deutlicher als Ihnen lieb ist.« Der Schulrat legte die Hand auf Martinas Schulter. »Stellen Sie Strafantrag! Und vergessen Sie alles. Sie haben nicht viel verloren an diesem Mann, ob er schuldig oder auch unschuldig ist.«

Die letzte Möglichkeit, einen Rat zu bekommen, war damit für Martina erschöpft. Sie saß am Abend wieder weinend und verzweifelt in ihrer kleinen Wohnung und rang mit dem Gedanken, wirklich zur Kriminalpolizei zu gehen und Poltecky anzuzeigen.

Aber was hatte sie damit gewonnen? Wurde damit der Druck von ihrer Seele genommen, konnte sie damit ihre Liebe zu Poltecky töten? Bekam sie ihre 7000 Mark wieder – das Geld, das sie in all den Jahren von ihrem Gehalt gespart hatte, das nie ausgeträumte Träume in sich schloß?

Nichts wäre gewonnen, auch wenn Poltecky verurteilt werden sollte. Nur die Ernüchterung blieb, die grenzenlose, kaum überwindbare Enttäuschung.

Im Godesberger Krankenhaus ließ sich Poltecky seinen zerbrochenen Gips abnehmen.

Der Arzt wollte zwar nach dem Röntgenbefund wieder einen neuen Gehgips anfertigen, aber Poltecky weigerte sich energisch.

»Ich kann auf dem Bein stehen, ich kann laufen, es schmerzt nicht mehr. Was wollen wir mehr?« sagte er.

»Der Bruch ist noch nicht fest genug. Eine unvorsichtige Bewegung, eine zu starke Belastung, ein neuer Fall – ja nur ein Stoß dagegen – und der Bruch ist wieder da!« Der Arzt hob die Schultern, als Poltecky immer wieder den Kopf schüttelte. »Wie Sie wollen. Aber wir übernehmen keine Verantwortung. Ich kann Sie nicht zu dem Gehgips zwingen.«

»Das können Sie nicht. Und es wird auch nichts geschehen. Ich muß mich frei bewegen können. Ich liebe die Freiheit.«

Wie lange noch, dachte er.

Erna war wieder in ihrem Dienst im Auswärtigen Amt, als Poltecky zur Amalienstraße 17 zurückkehrte. Der kleine Mann mit den grauen Stoppelhaaren hatte geraten, Erna weiter zu beschäftigen, als sei nichts geschehen, um bei dem Agentenring keinerlei Verdacht aufkommen zu lassen. Was es mit den mysteriösen 14 000 DM auf sich hatte, das würde man schon nachprüfen. Vielleicht war dieser Poltecky wirklich nur ein kleiner Heiratsgauner.

Poltecky hatte die Wohnung Ernas gerade betreten und fühlte sich ohne den Gips wie von einer Rüstung befreit, als das Telefon schellte.

Einen Augenblick zögerte er, den Hörer abzunehmen. Er ahnte, wer ihn anrief. Aber dann überwand er sein Zögern und hob ab.

»Hallo«, sagte eine Stimme. »Wir haben gesehen, daß du wieder hüpfen kannst wie ein Hase. Wie geht's denn?«

»Schlecht.« Poltecky setzte sich auf die Couch und zündete sich eine Zigarette an. »Eigentlich sollte ich ja als schöne Verkehrsleiche zwischen Godesberg und Rolandseck liegen.«

»Was du nur denkst. Wir hatten bloß keine Zeit, uns lange von dir zu verabschieden.« Die Stimme – es war nicht die von Dicocca, was Poltecky am Tonfall hörte – wurde hart. »Morgen abend erwarten wir neue Meldungen. Dein Mädchen weiß, wie's gemacht wird. Es geht alles wieder so wie beim erstenmal.«

Es klickte im Apparat. Der Sprecher hatte aufgelegt, bevor Poltecky eine Antwort geben konnte. Auch die Telefonüberwachung, die Erna Vorwercks Anschluß kontrollierte, hatte nicht mehr genügend Zeit, den Standort des Anrufers zu ermitteln. Nur so viel war festzustellen, daß der Anruf von einer öffentlichen Fernsprechstelle kam.

Poltecky drückte seine halbgerauchte Zigarette aus. Seine Sorgen lagen näher als der morgige Abend. Sie konzentrierten sich auf den Besuch bei dem Bankier Stephan Opperberg in Honnef. Für Poltecky war er die letzte greifbare Möglichkeit, aus dem Dilemma herauszukommen und den drei Mädchen ihr Geld zurückzugeben. Versagte ihm Opperberg seine Hilfe, warf er Poltecky vor die Tür, blieb nur der Weg zur Polizei übrig und der Gang zum Gericht und ins Gefängnis.

Die Villa Stephan Opperbergs, Bankier und Konsul in Köln, Förderer junger Künstler und selten gewordener Menschenfreund, dem weder Aufstieg noch kaum zählbares Geld das Gemüt verhärtet oder das Herz in ein Scheckbuch verwandelt hatten, lag in der Nähe des schloßähnlichen Lungensanatoriums Hohenhonnef auf den Hängen des Siebengebirges.

Ein schmaler Weg führte ziemlich steil bis zu einem Platz hinauf, hinter dem, geschützt durch eine hohe Mauer und eingebettet in alten, breitkronigen Baumbestand, das langgestreckte, flache Haus lag. Ein einfaches, goldfarbenes Schild neben der dicken Tür trug den Namen »Opperberg«.

Sonst nichts. Das eine Wort genügte.

Franz v. Poltecky versuchte, bevor er auf den kleinen, in die Mauer eingelassenen Klingelknopf drückte, einen Blick durch die Türvergitterung zu werfen. Das Haus konnte er nicht entdecken. Er sah einen weißen, leuchtenden Kiesweg, Rosenrabatten an den Seiten, eine exotische Baumgruppe im Hintergrund, herrliche, tiefgrüne, kurzgeschnittene Teppichrasenflächen, auf denen sich lautlos die Rasensprenger drehten. Über eine der Wiesen jagten jetzt zwei Hunde, zwei hellbraune, fast weiße Barsois, russische Windhunde, deren lange, schmale Köpfe beim Lauf weit vorgestreckt waren wie die Spitze einer fliegenden Lanze.

Welch ein Reichtum, dachte Poltecky.

Die beiden Barsois tollten aus dem Blickfeld Polteckys. Ein Gärtner in grüner Schürze und mit einem breiten Strohhut – wie konnte es anders sein, dachte Poltecky, Gärtner müssen so aussehen, man lernt es aus den Filmen, wo Gärtner immer grüne Schürzen und breite Hüte tragen – ging über den Teppichrasen und rückte, nachdem er das Wasser abgestellt hatte, die Rasensprenger weiter. Dann schob er eine Karre vor sich her und begann, mit einem Stahlbesen vom Wind herbeigetragenes Laub und Papier aufzufegen und in die Karre zu werfen.

Freundschaft mit dem Personal ist fast immer ein Weg zum Chef, überlegte Poltecky. Man kennt das ja. Wer der Sekretärin Pralinen und Blumen bringt und ihr sagt, sie sehe heute wieder zauberhaft aus, fast wie die Bardot, fast nur, denn die Bardot sei bei weitem nicht so hübsch wie sie – der bekommt den Chef schneller zu sehen als ein Muffel, der sagt: »Zum Chef, bitte, Fräulein!«

»He! Hallo!« rief Poltecky durch die Gittertür in den Garten. »Herr Gärtner! Hallo! Kommen Sie doch bitte mal her!«

Der Gärtner drehte sich herum. Er schob den breiten, geflochtenen Hut in den Nacken und legte den Stahlbesen in die Karre. Dann wischte er sich mit dem Schürzenzipfel den Schweiß von der Stirn und kam langsam über den weißen Kiesweg näher. Die Barsois folgten ihm. Ihre spitzen Köpfe witterten zu Poltecky hin. Aber sie bellten nicht, sie beobachteten nur.

»Was ist denn los?« fragte der Gärtner. Er musterte den Mann jenseits der Tür und rieb sich die Nase, weil sie juckte. »Wenn der alte Opperberg sieht, daß ich hier rumstehe, kracht's im Gebälk. Was wollen Sie also?«

Das scheint kein Freund des Bankiers zu sein, durchfuhr es Poltecky. Hier brauchte man kein Zuckerbrot mehr, hier konnte man frei reden.

»Eben deshalb komme ich. Ist der alte Opperberg so streng?«

»Ein Hund ist er!«

»Nana«, sagte Poltecky, ehrlich verblüfft. »Ich habe gehört, daß er ein Menschenfreund sei, daß er ...«

»Ist er, ist er – aber nur gegen die Künstler! Weiß der Teufel, warum. Uns Arbeiter schikaniert er. Und wie. Er rechnet uns aus, daß wir in vier Stunden soundsoviel Rasenflächen säubern könnten, daß das Beschneiden von vierhundert Rosenstöcken ...«

»Vierhundert«, staunte Poltecky.

»... nicht länger zu dauern hat wie – Kreuzdonnerwetter – der rechnet alles vor. Und das schlimmste ist: Er rechnet richtig! Er legt uns aufs Kreuz! Er macht es uns sogar vor! Wenn er nicht so gut bezahlen würde, wäre ich längst weg!«

»Der Jüngste sind Sie ja auch nicht mehr, Herr Gärtner.«

»Ich bin einundsechzig Jahre, mein Herr.«

»Und dann bei Wind und Wetter, bei glühender Sonne und Windstille draußen im Garten. Ich bewundere Sie.«

»Es erhält aber kräftig, mein Herr.« Der alte Gärtner nahm den Hut ab und wischte sich mit der Schürze über das Gesicht und die schlohweißen Haare. »Aber lange mache ich das nicht mehr. Dann gehe ich zu dem Alten und sage: Chef – Schluß ist's.«

»Recht so!« Poltecky umklammerte die eisernen Gitterstäbe der Tür. Die beiden Barsois knurrten leise und vornehm. »Ich wollte eigentlich zu dem alten Opperberg. Aber nachdem, was Sie da erzählen ...«

»Was wollten Sie denn vom Chef?«

»Ihnen kann ich es sagen: Geld!«

»Sind Sie Künstler, mein Herr?«

»Ja. Ein gescheiterter allerdings.«

»Die sind für den Alten besonders interessant. Ich würde hineingehen.«

»Und wieder rausfliegen ...«

»Beim alten Opperberg ist noch niemand hinausgeflogen.«

Poltecky setzte seinen Hut wieder auf. Die Sonne brannte auf seine angegrauten Haare. »Ich werde doch lieber gehen«, sagte er fast traurig. »Meine Geschichte ist zu verrückt. Er wird sie mir nicht glauben.«

»Dummheit!« Der Gärtner steckte die Hand durch das Eisengitter der Tür und drückte auf den Klingelknopf. Man hörte kein Schellen, nur das elektrische Türschloß brummte leise. »Nun gehen Sie schon«, sagte der alte Gärtner.

»*Sie* haben geschellt! Ich wollte nicht mehr.«

»Feiglinge kann der alte Opperberg überhaupt nicht leiden. Los – gehen Sie hin! Und sagen Sie nicht, daß ich sie reingelassen habe. Dann schimpft er wieder und sagt: ›Der Alte soll die Blumen gießen, aber keine Reden halten!‹«

»Und die Hunde?« Poltecky sah auf die leise brummenden Barsois. Sie streckten die Köpfe vor wie witternde Wölfe.

»Ich nehme sie mit.« Der Gärtner stieß die Tür auf, das elektrische Brummen verstummte. »Gehen Sie, junger Mann. Immer den Weg geradeaus. Das Haus werden Sie gleich sehen.«

Poltecky ging über den Kiesweg, fast auf Zehenspitzen, als betrete er ein Märchenreich. Der Duft der Rosen kam schwer auf ihn zu. Er sah das langgestreckte, weiße Haus aus den Büschen auftauchen, eine große Terrasse, ein Schwimmbecken mit blauen Kacheln, einen kleinen Teich mit einem Wasserspeier, bunt beschirmte Stühle und Gartenschaukeln, Bänke und weiße zierliche französische Eisenmöbel.

Auf der Terrasse, unter einem orangefarbenen Sonnendach, lag auf einer Schaukelliege ein junges Mädchen in einem goldglänzenden Badeanzug. Sie schlief. Ihre langen hellblonden, fast silberweißen Haare fielen seitlich über ihre Brust und hingen an dem Bett herunter wie goldgesponnene Fäden.

Poltecky blieb stehen und starrte zu dem Mädchen hinüber. Ihr Gesicht konnte er nicht sehen. Es ist wie ein Märchen, dachte er.

Noch leiser, damit das schlafende Mädchen nicht erwachte, ging Poltecky an der Terrassenmauer vorbei zum Eingang des Hauses. Dort stand in der geöffneten breiten Glastür mit den kunstvollen schmiedeeisernen Klappgittern ein Diener.

»Sie haben geschellt?« fragte er, als Poltecky schnell den Hut abnahm und nicht wußte, was er sagen sollte.

Poltecky nickte. »Ist es vermessen, Herrn Opperberg um zehn Minuten Gehör zu bitten?« fragte er. Dabei ärgerte er sich wegen seiner geschraubten Ausdrucksweise, aber ihm fielen keine anderen Worte ein.

»Kommen Sie bitte ins Haus. Ich werde Sie melden.« Der Diener trat zur Seite, und Poltecky betrat eine Halle, die mit hellem Marmor verkleidet war. »Wen darf ich melden?«

»Franz v. Poltecky. Oder nein – Franz Schuster.«

»Bitte.« Der Diener war nicht erstaunt über die beiden Namen. Er winkte zu einem Tablett hin, das auf einem niedrigen Tisch stand. Ein hohes, geschliffenes Glas mit einer goldgelben Flüssigkeit leuchtete in der Sonne, die durch die rückwärtigen breiten Fenstertüren in die Halle flutete. »Wenn Sie sich erfrischen möchten, Herr Schuster. Es ist eisgekühlter Orangensaft.«

»Danke.« Poltecky machte eine kleine Verbeugung. Der Diener sah es nicht mehr, er ging bereits durch eine sich lautlos öffnende Tür davon.

Ich benehme mich wie der Schweinehirt im Märchen, dachte Poltecky wütend. Aber trotz allem Willen, mutiger zu sein, wagte er nicht, das Glas Orangensaft zu berühren. Er drückte sich mit dem Rücken gegen die kalte Marmorwand und wartete, was mit ihm geschehen würde. Er hatte das ungute Gefühl, völlig falsch am Platze zu sein.

Der Diener kam wieder. »Herr Konsul Opperberg läßt bitten«, sagte er. »Der Hitze wegen empfängt er im Rauchsalon.«

Und wenn es im Keller wäre, mir ist alles recht, dachte Poltecky. Wenn's nur schnell vorübergeht. Was hat ein Gauner wie ich in dieser Umgebung zu suchen?

Der Diener wollte vorangehen, aber Poltecky hielt ihn am Ärmel fest. »Einen Augenblick noch«, sagte er mit trockener Kehle. »Wie redet man Herrn Opperberg an. Mit Herr Konsul oder mit Herr Bankier? Ich habe da gar keine Ahnung.«

»Sagen Sie einfach ›Herr Opperberg‹. Der Herr Konsul mag keine Titel.«

»Aber Sie sagen ja selbst ›Herr Konsul‹!«

»Nur, wenn er nicht dabei ist.«

Sie durchschritten einige Zimmer und eine neue Diele, bis der Diener an eine Tür klopfte und sie dann vor Poltecky öffnete.

»Bitte«, sagte er.

Poltecky trat ein. Ein hoher Raum, angefüllt mit Büchern. Eine Fensterwand zum Garten mit den Rosen, der Terrasse, den exotischen Bäumen und einem unwahrscheinlichen Blick auf den Rhein und die Inseln, auf den Rolandsbogen und Mehlem. Helle, moderne Sessel, leuchtende Teppiche, an den Wänden wertvolle Skulpturen und Gemälde.

In einem aus Mosaiksteinchen gemauerten großen Blumenbecken kratzte der Gärtner herum. Er hatte den Hut abgelegt und zwickte einige verdorrte Blätter ab, als Poltecky sich räusperte.

»Da sind Sie ja«, sagte der Gärtner und legte seine kleine Handharke weg.

»Der Diener sagte, der alte Opperberg sei hier. Gut, daß ich Sie vorher noch treffe. Ich wäre nie ins Haus gekommen, wenn Sie nicht geschellt hätten! Ich weiß gar nicht, was ich sagen soll, wenn der Konsul erscheint. Soll ich sagen: Hier steht einer, der zu dumm war, und der für seine Dummheit auch noch Geld haben möchte?«

»Das hat dem alten Opperberg bestimmt noch keiner gesagt.« Der Gärtner kicherte. »Das wird ihm gefallen. Alle, die bisher gekommen sind, waren überzeugte Künstler, die von der bösen Umwelt nicht anerkannt wurden. Manche konnten etwas, tatsächlich, aber die meisten waren Blender oder Eintags-Genies.«

»Und trotzdem hat der Alte ihnen etwas gegeben?«

»Der ist eben so dumm und so weich im Herzen. Richtig

unterstützt aber hat er nur wenige – und die konnten was. Und wenn Sie auch etwas können, läßt er sich nicht lumpen.«

»Ich kann gar nichts!« Poltecky setzte sich in einen der Sessel. Daß Konsul Opperberg noch nicht im Zimmer war, sondern nur der alte Gärtner in der schmutzigen Schürze, befreite ihn etwas von der lähmenden Scheu, die er bisher empfunden hatte. Er konnte freier sprechen und sich selbst Mut zureden. »Ich habe viele Geschichten und Erzählungen geschrieben – sogar einen Filmroman, den man als Film drehen wollte. Und damit begann es, mein Lieber.« Poltecky winkte ab. »Aber ich kann's Ihnen nicht erzählen, auch dem alten Opperberg nicht. Er glaubt es doch nicht. Es ist zu verrückt, um es zu glauben. So etwas gibt's gar nicht, wird jeder vernünftige Mensch sagen. Aber haben Sie schon einmal ein menschliches Leben gesehen, das vernünftig ist?«

»Nein!« sagte der Gärtner laut.

»Und was ich erlebt habe, ist unvernünftiger als die Unvernunft. Es ist wirklich verrückt.«

»Erzählen Sie.«

»Nachher. Wenn ich hier raus bin. Sie sollen sehen. Der alte Opperberg feuert mich hinaus wie eine Rakete!«

»Warum sollte ich das tun?« sagte der Gärtner lächelnd.

»Sie nicht! Aber der Alte.«

»Der Alte ist vieles gewöhnt. Fangen Sie an.«

»Dann muß ich alles zweimal erzählen.«

»Einmal – bei mir – genügt.«

»Bei Ihnen – bei – oh!« Poltecky schnellte aus seinem Sessel hoch. Das Blut schoß ihm in den Kopf, ins Gehirn, in die Augen, in die Schläfen. Er konnte kaum noch den weißhaarigen Kopf des Gärtners erkennen. Er hielt sich an der Lehne des Sessels fest und schluckte krampfhaft. »Sie – Herr Konsul – nein, das wollen Sie nicht hören ... Herr Opperberg – Sie – ich ... Verzeihen Sie. O Verzeihung. Ich gehe ja schon. Ich gehe sofort ... Ich – Verzeihung ... Es ist nicht wieder gutzumachen. Ich sehe es ein, ich bin ein Idiot! Guten Tag ...«

Poltecky verbeugte sich und wollte gehen. Er merkte nicht,

daß er schwankte – er merkte überhaupt nichts mehr. Erst eine befehlende Stimme hinter seinem Rücken ließ ihn ruckartig haltmachen.

»Bleiben Sie!«

Poltecky drehte sich langsam um. Stephan Opperberg lehnte an der Wand neben einem goldenen Buddha und schüttelte den Kopf.

»Wie kann man so dumm sein, Herr Schuster. Warum wollen Sie denn gehen?«

»Ich ...« Poltecky würgte wieder und kam sich vor wie in einem luftleeren Raum. Er konnte kaum atmen. »Ich habe Sie einen Alten genannt – ich habe von Ihnen gesprochen wie von – von ... Warum werfen Sie mich nicht hinaus?«

»Sie haben mich vor dem alten, nörgelnden Gärtner verteidigt, ohne mich zu kennen. Das gefällt mir.« Opperberg wies auf den Sessel, in dem Poltecky bereits gesessen hatte. »Kommen Sie, setzen Sie sich. Und erzählen sie. Denken Sie, ich sei der alte Gärtner von vorhin. Hat sich denn etwas geändert? Ist der Mensch ein anderer geworden, nur weil er nicht mehr der Gärtner ist, sondern ein Bankier? Sie sind zu mir gekommen, um Ihr Herz zu erleichtern. Tun Sie's unbeschwert. Ich werde Sie nicht unterbrechen. Erzählen Sie!«

Und Franz v. Poltecky erzählte. Als er mit dem Satz »Und nun sitze ich hier vor Ihnen und warte auf Ihren Hinauswurf«, seinen Lebensbericht beendet hatte, klatschte Opperberg in die Hände.

»Ein Roman!« rief er. »Ein vollkommener Roman!«

»Ich wünschte, ich hätte ihn nie erlebt. Ich hätte als Drogist bei meinen Flaschen und Tüten bleiben sollen.«

»Und Ihr Talent?«

»Ich habe kein Talent.«

»Davon sprechen wir später.«

»Das sagte auch die Polizei.«

»Auch mit der reden wir später. Nur eine Frage erlauben Sie mir: Welches von den drei Mädchen wollen Sie nun wirklich heiraten? Martina, Erna oder Carola?«

»Wirklich?« Poltecky sah auf seine Hände. »Erschlagen Sie mich ruhig, Herr Opperberg: eigentlich gar keine.«

»Und die Mädchen wissen das?«

»Bis jetzt nicht. Vielleicht ahnen sie es. In wenigen Tagen werden sie es wissen – durch die Polizei.«

»Soweit wird es nicht kommen.«

»Sie kennen Carola nicht. Und Martina.« Poltecky senkte den Kopf. »Sie wird es nie überwinden.«

»Ich werde mit allen Mädchen sprechen.«

»Sie, Herr Konsul?« Poltecky sprang wieder auf. Er schrie es fast hinaus. »Sie wollen mir helfen?! Sie wollen mir tatsächlich helfen?«

»Auch über das Geld reden wir noch.« Opperberg sah zur Seite. Der Diener war eingetreten und nickte.

»Das gnädige Fräulein ist aufgewacht.«

»Wir kommen.« Opperberg wandte sich zu Poltecky. »Lassen Sie jetzt alle Sorgen fahren. Genießen Sie mit mir den herrlichen Sommertag. Gehen wir auf die Terrasse. Ich möchte Sie meiner Tochter vorstellen.«

Der Märchenprinzessin, dachte Poltecky. Sein Herz wurde schwer.

Er sah sie unter dem orangenen Sonnendach liegen, golden in der Sonne funkelnd, ein unwirkliches, ein traumhaftes Wesen.

»Ich habe Ihre Tochter vorhin gesehen.« Poltecky zupfte an seiner Krawatte und suchte nach Worten. »Ich möchte sie mit meiner Gegenwart nicht belästigen.«

»Reden Sie nicht so viel – kommen Sie! Daß man Sie immer kommandieren muß! Sie sind für das rauhe Leben zu weich, mein Lieber! Sie sollten härter werden.«

Opperberg faßte Poltecky unter. »Und nun kommen Sie in die Sonne, Franz v. Poltecky. Plaudern Sie mit meiner Tochter, vergessen Sie einmal alles. Und am Abend werden wir von den Geschäften reden.«

Sie gingen durch eine Glastür hinaus auf die Terrasse. Unter dem Sonnendach lag noch immer das Mädchen mit dem goldenen Badeanzug. Sie hatte sich aufgerichtet, ein dickes Kissen unter den Nacken geschoben und las in einem Buch. Ihre weißblonden Haare hatte sie zurückgekämmt und mit einer breiten Spange im Nacken zusammengerafft. Ihr schmales, zartes, hübsches Gesicht war etwas bleich.

»Julia!« rief Opperberg und schob den verlegenen Poltecky vor sich her. »Darf ich dir einen Gast vorstellen. Ein hoffnungsvoller Schriftsteller mit viel, viel Pech: Franz v. Poltecky.«

Julia Opperberg legte das Buch auf ihren Schoß und sah mit großen blauen Augen zu Poltecky empor. Welche Augen, durchfuhr es ihn. In ihnen ist eine ganze Welt. Er verbeugte sich schüchtern und nahm ihre Hand. Er küßte die Hand. Blaß und schmal lag sie zwischen seinen Fingern.

»Ich freue mich, daß Vater so nett von Ihnen spricht«, sagte Julia Opperberg. Ihre Stimme war hell und schwebend wie ein Glockenspiel. »Bitte, setzen Sie sich.«

Stephan Opperberg streichelte über die weißblonden Haare Julias und küßte dann ihre Stirn.

»Entschuldigen Sie, Herr v. Poltecky«, sagte er dabei, »daß meine Tochter nicht aufsteht. Sie ist gelähmt.«

Julia sah mit großen, starren Augen zu Poltecky auf. In ihrem Blick lag die ganze unmeßbare Qual ihres jungen Lebens, eines Lebens, das verwöhnt wurde und dem alle Schönheiten dieser Erde geschenkt werden konnten, nur nicht das Glück, über die saftgrüne Wiese zu gehen, entlang an den Blumenbeeten und hinüber zu dem hellblau gekachelten Schwimmbecken. Ein Tennisplatz leuchtete mit seinem roten Sand hinter dem Haus, aber sie würde nie vor dem Trennsatz hin und her springen und mit dem Schläger den durch die Luft sausenden kleinen weißen Ball zurückschlagen. Umgeben von unerfüllten Träumen, lag sie tagaus, tagein in dem Liegestuhl oder auf der Gartenschaukel oder wurde von dem Diener in einem Rollstuhl herumgefahren.

Poltecky ging auf die letzten Worte Stephan Opperbergs nicht ein. Er überhörte sie. Die Tragik dieses schönen Mädchens griff ihm ans Herz, aber er zwang sich, alles zu übersehen und weder Mitleid noch Entsetzen zu zeigen.

»Sie wohnen herrlich hier« sagte er und setzte sich auf einen bunten Hocker, der neben Julia stand. Ihr Blick folgte ihm – er spürte, daß er nach etwas suchte. »Hierzusein und die herrliche Welt zu Füßen ... Sie müssen doch das Gefühl haben, das Leben sei von unüberbietbarer Schönheit.«

»Das Leben ist schrecklich«, sagte Julia leise.

Poltecky drehte sich nach Stephan Opperberg um. Der Konsul war unbemerkt gegangen.

»Können Sie verstehen, daß es für mich eine Qual ist, alles zu sehen, aber es nicht mit eigenen Füßen erreichen zu können?«

»Ist das nicht ein wenig ungerecht dem Leben gegenüber? Es verwöhnt Sie – und Sie bejammern sich, weil es Sie verwöhnt. Ist denn der Sinn eines Lebens gefesselt an der Beweglichkeit eines Gliedmaßens? Ist das Leben weniger wert, weil Sie es nur sehen oder mit fremder Hilfe genießen können? Selbst wenn Sie blind wären, wäre das Leben herrlich. Dann sehen Sie die Blumen nicht – aber Sie riechen sie. Sie ertasten ihre Form, sie hören die Geräusche der Welt und setzen den Laut in Ihrer Phantasie in Materie um. Allein darum, daß Sie den Duft einer Blüte einatmen können, lohnt es sich, zu leben! Und Sie bejammern sich, weil Sie alles sehen und erleben können und nur Ihre Beine Sie nicht mehr tragen. Sie sollten sich schämen, Fräulein Julia Opperberg!«

Poltecky hatte es leidenschaftlich gesagt. Er hatte es erst nicht so sagen wollen, aber je länger er sprach, um so mehr wurde er von seinen eigenen Worten mitgerissen. Julia Opperberg schwieg. Sie hatte den Kopf weit zurückgelehnt, ihre weißblonden Haare hingen lang über die bunte Bespannung der Liege hinab. Sie starrte mit großen Augen in den wolkenlosen Himmel.

»Wie können Sie so mit mir sprechen?« sagte sie leise. »Sie beschimpfen mich, anstatt mich zu trösten.«

»Sie brauchen keinen Trost! Sie brauchen Wahrheit!«

»Wahrheit?« Julias Kopf zuckte zu Poltecky. »Was wollen Sie mehr an Wahrheit als das?«

Sie riß sich die Decke von den Beinen. Lang, blaß, schlank lagen sie auf dem Ruhebett, zwei wunderschöne Beine mit goldbestickten, marokkanischen Pantoffeln an den Füßen. Poltecky nickte.

»Sie sind schön wie alles an Ihnen – wie alles um Sie.«

»Sie sind tot!« schrie Julia auf.

»Sie leben!« Poltecky wußte nicht, woher er den Mut nahm. Er tat es einfach, ohne zu denken, ob es erlaubt wurde oder ob es die Grenzen, die zwischen ihm und Julia Opperberg lagen, übersprang. Er legte seine Hände auf die schlanken, blassen Beine und strich mit ihnen von den Knöcheln hinauf bis über das Knie. »Sie leben doch«, sagte er dabei. »Sie spüren doch meine Hand.«

»Aber sie bewegen sich nicht.« Julia lag mit geschlossenen Augen, den Kopf wieder weit zurückgebeugt, und hatte die Fäuste geballt. »Ich hasse dieses Leben«, sagte sie stockend. »Ich hätte es längst weggeworfen, wenn ich nicht zu feige wäre.«

»Schade!« Poltecky legte seine Hände auf ihre Knie. Julias Kopf drehte sich langsam zu ihm hin.

»Wer so vom Leben spricht, verdient es gar nicht.«

»Herr v. Poltecky!« Julias Oberkörper schnellte hoch. Sie saß, plötzlich hellrot im Gesicht, vor ihm und stieß seine Hände von ihren Beinen. »Ich werde Sie durch den Diener wegbringen lassen!«

Poltecky erhob sich von seinem Gartenhocker. »Tun Sie es, Fräulein Opperberg!«

»So hat noch keiner mit mir gesprochen!«

»Wie gut, daß ich der erste bin! Ich habe nichts zu verlieren, Fräulein Opperberg. Ich schleiche mich hier nicht in das Haus Ihres Vaters, um Vorteile zu bekommen, um Mitleid zu heucheln und durch dumme Worte das Bedauern in klingende Münze umzusetzen. Ich bin ein ganz armes Schwein. Vielleicht entsetzt Sie dieser Ausdruck – er ist in Ihren Kreisen sicherlich shocking! Aber Ihre Kreise interessieren mich nicht! Armes Schwein – das ist die Welt, in der *ich* lebe! Da sagt man, was man denkt, und man hat die richtigen, plastischen Worte dazu! Da draußen«, er zeigte mit langgestrecktem Arm hinunter in die Rheinebene, »jenseits Ihres Gartens Eden, warten sie auf mich, um mich kleinen Wurm noch kleiner zu machen, mich zu zertreten, völlig zu vernichten. Warum? Weil ich zu dumm zum Leben war, weil ich zu viele Ideale hatte, weil mir der tausendste Teil dessen fehlt, was

Sie im Überfluß haben und so niederträchtig verachten! – So, und nun lassen Sie mich durch Ihren Diener vor die Tür werfen!«

»Alle, die hier waren, haben mich bedauert.«

»Sie brauchen kein Bedauern! Sie brauchen jemanden, der zu Ihnen sagt: Schäme dich! Dir liegt die Welt zu Füßen, und wenn dich diese Füße nicht mehr tragen können, dann schwebe über diese Welt. Wie ein Engel siehst du ohnehin aus.«

»Danke!« sagte Julia leise.

»Wofür danke?«

»Daß Sie mich einen Engel nennen!«

»Das war nur eine dumme Phrase.« Poltecky starrte mit verkniffenen Lippen auf den Rhein hinunter. »Mir fiel kein anderes Wort ein.«

»Sie müssen auch mich verstehen, Herr v. Poltecky«, sagte Julia stockend. Poltecky zog die Schultern hoch, als fröre er.

»Ich heiße auch nicht v. Poltecky – ich bin Franz Schuster. Ganz einfach Schuster! Drogist mit den Rosinen im Kopf, ein begabter Schriftsteller zu sein! Eine lächerliche Begabung, die sich allein in diesem Franz-v.-Poltecky-Namen ausdrückt. Überspannt, dumm, dreist, sich selbst verkennend und überschätzend. Das bin ich! Ein Schuster! Und ich bin kein gern gesehener Gast Ihres Vater, sondern ich bin hierhingekommen, um Ihren Vater anzupumpen, um 14 000 Mark abzuschnorren, weil mir das Wasser nicht bis zum Hals, sondern bis zu den Augen steht. Das bin ich! Eben ein Schwein! Das ›arme‹ können wir auch weglassen, es verniedlicht nur! Und weil ich so ein dummer Tropf bin, kann ich Ihnen die Wahrheit sagen: Schämen Sie sich!«

»Ist das ein Leben, nur gefahren oder getragen zu werden? Mit 24 Jahren noch oder wieder ein Säugling zu sein, den man trockenlegen muß?« schrie sie wild. Sie hatte die Fäuste geballt und schlug mit ihnen bei jedem Wort auf die Kissen des Ruhebettes. »Sie haben es leicht, mir Moralpredigten zu halten! Sie liegen nicht hier wie ein Klumpen Fleisch. Sie können gehen, Sie dürfen lieben, niemand blickt Ihnen mit mitleidigen Lämmeraugen nach, wenn Sie über die Straße gerollt werden oder aus dem Auto über die Straße in ein Lokal getragen werden, wo die anderen jungen Mädchen tanzen und fröhlich sind und im Arm ihrer Liebsten ...«

Sie schlug die Hände vor die Augen, warf den Kopf zurück und schluchzte.

Poltecky schwieg. Sie hat recht, dachte er. Es muß einen Menschen durchschütteln, wenn er sieht, wie das Leben sein könnte. Aber man darf es ihr nicht sagen, man darf ihr kein Recht geben, sie soll nicht zerbrechen an ihren eigenen Gedanken. Man überwindet eine Krankheit nur, wenn man sie überwinden will!

Er wandte sich ab und ging von der Terrasse hinein in die große Wohnhalle und von dort durch die Seitentür in das Arbeitszimmer Stephan Opperbergs.

Der Bankier und Konsul saß hinter seinem Schreibtisch und trank einen Kognak mit Sodawasser.

Er hatte seine alte, zerschlissene Gärtnertracht noch nicht gewechselt, und es sah aus, als benutze ein alter Gärtner die Gelegenheit, in Abwesenheit seines Herrn sich einen guten Schluck zu genehmigen.

»Na?« fragte Opperberg, als Poltecky sinnend in das Zimmer kam. »Haben Sie sich gut mit Julia unterhalten?«

»Wir haben uns angeschrien«, sagte Poltecky. Opperberg stellte sein Kognakglas mit einem harten Laut auf den Tisch.

»Angeschrien? Aber um Himmels willen – warum das denn? Meine Tochter ist doch die Sanftmut in Person. Was haben Sie denn mit ihr gemacht?«

»Nichts. Ich habe ihr nur die Wahrheit gesagt.«

»Die Wahrheit? Über was?«

»Über sie selbst.«

Opperberg sprang auf. »Ich muß sofort zu ihr!« rief er. »Der Arzt hat jede nervliche Aufregung verboten! Sie müßte in Watte gepackt werden, so zerbrechlich sind ihre Nerven! Und Sie gehen hin und schreien sie an! Sie Unglücksmensch.«

Er wollte aus dem Zimmer laufen, aber Poltecky hielt Opperberg am Ärmel fest. Verblüfft blieb der Konsul stehen.

»Sind Sie verrückt?« fragte er heiser.

»Bitte, bleiben Sie! Ihre Tochter weint jetzt.«

»Auch das noch!« schrie Opperberg. »Sie hat seit einem Jahr nicht mehr geweint!«

»Nicht vor Ihnen! Wissen Sie, was sie nachts im Bett tat? Lassen Sie sie bitte weinen – es tut ihr gut.«

»Wollen Sie kleiner Schreiberling klüger sein als der Professor?« schrie Opperberg. »Lassen Sie mich los und verlassen Sie sofort mein Haus!«

»Ich gehe ja schon.« Poltecky ließ müde die Arme sinken. »Ich danke Ihnen, daß Sie mich überhaupt hineingelassen haben in dieses Paradies. Sie waren meine letzte Hoffnung – aber ich sehe ein, es hat keinen Sinn. Ich bin selbst zu dumm, für Geld und mein Schicksal zu lügen und zu katzbuckeln.«

Er verließ das Zimmer, während Bankier Opperberg hinaus auf die Terrasse rannte und noch im Laufen rief:

»Mein Liebling – was ist denn? Ich komme ja ...«

Julia lag wieder ausgestreckt unter dem Sonnendach und starrte auf die Bespannung. Sie schluchzte noch, aber ihre Augen waren klar und nicht mehr von Tränen verschleiert.

Als Stephan Opperberg außer Atem neben Julia auf den Hocker sank und ihre Hände ergriff, sah sie ihn nicht an.

»Wo ist Franz Schuster?« fragte sie.

»Wer, mein Schatz?« Opperberg streichelte ihr über die langen Haare.

»Er war doch eben noch hier.«

»Dieser Flegel? Ich habe ihn aus dem Haus geworfen.«

»Was hast du?« Julias Körper streckte sich. Es war, als wolle sie aufspringen. Mit Entsetzen sah Opperberg die ungeheure Anstrengung seiner Tochter, ihre Beine zu bewegen. Ein Zucken lief durch den ganzen Körper, der dann mit einem lauten Stöhnen zusammensank und zurück auf das Ruhebett fiel. »Du hast ihn ...« schrie sie wild. »Hol ihn zurück! Hol ihn sofort zurück! Bitte!«

»Julia!«

»Hol ihn zurück! Ich brauche ihn! Er soll hierbleiben! Er *muß* hierbleiben!«

»Aber ich kenne ihn doch gar nicht. Ich weiß gar nicht, wer er ist. Ich – ich …«

»Hol ihn zurück!« Julia bäumte sich wieder auf.

Stephan Opperberg rief nach dem Diener. Er selbst lief über den Kiesweg hinab zum Hauseingang.

Franz v. Poltecky war nicht mehr zu sehen. Da rannte Opperberg zurück, stieß die Garagentür auf und stieg in einen kleinen Sportwagen, der neben der großen Limousine stand. Mit heulendem Motor fuhr er rückwärts aus der Garage.

Ist er nach rechts oder links? dachte er, als er den Wagen wendete. Wenn er nach Bonn zurück will – und er sprach davon, aus Bonn zu kommen –, dann mußte er rechts den Berg hinabgehen, um schneller zur Siebengebirgsbahn zu kommen.

Auf halbem Wege, den Berg hinab, sah Opperberg die hohe, schlanke, etwas schlaksige Gestalt Polteckys. Er ging mit weit ausgreifenden Schritten, als fühle er sich verfolgt oder laufe vor etwas Bedrängendem hinweg.

Opperberg hupte schon weit über hundert Meter, bevor er Poltecky erreichte. Er stoppte den Wagen neben ihm und riß die Tür auf.

»Steigen Sie ein!« rief er.

»Warum?« fragte Poltecky. »Ich kann allein zur Bahn gehen.«

»Steigen Sie ein, Sie Dickkopf!« schrie Opperberg. »Meine Tochter verlangt nach Ihnen.«

»Rufen Sie Ihren berühmten Professor! Ich bin nur ein armseliger Schreiberling.«

»Das sind Sie auch!« brüllte der Bankier. »Aber meine Tochter verlangt nach Ihnen – und Sie kommen mit!«

Opperberg griff nach Polteckys Jacke und zog ihn daran in den Wagen. Dann startete er wieder, drehte auf der schmalen Straße und raste den Berg hinauf, in die Auffahrt hinein, und hielt vor der Terrasse mit kreischenden Bremsen. Poltecky kletterte aus dem Wagen.

»Wie alt sind Sie?« fragte er.

»Einundsechzig Jahre«, sagte Opperberg.

»Sie sind der erste einundsechzigjährige Halbstarke, den ich kenne.«

Er ließ den Bankier einfach stehen und stieg die Treppen zur Terrasse hinauf.

Julia lächelte Poltecky entgegen und streckte ihm die Hand entgegen.

Und er nahm diese schmale, zarte Hand und küßte sie und begriff nicht mehr, was das alles sollte.

Am Abend, als Julia in ihr Schlafzimmer gerollt worden war und sich glücklich von Poltecky verabschiedete, saßen sie noch im Herrenzimmer am Kamin zusammen und tranken einen schweren, fast schwarzroten Wein.

Im Kamin prasselten Buchenscheite und zuckten über die Gesichter der beiden Männer. Er war die einzige Beleuchtung in dem großen Raum, nur durch das große Fenster drängte ein bleicher Himmel. über dem Rhein hing in einem Wolkenmeer der Mond. Er sah aus, als sei er in einem Netz verpackt.

»Was haben Sie meiner Tochter gesagt?« fragte Konsul Opperberg. Er drehte die Zigarre zwischen seinen Lippen.

»Ich habe ihr gesagt, daß ich ein armes Schwein sei.«

»Und das hat sie so erregt?«

»Nein. Aber aus dem Bewußtsein heraus, daß ich nichts zu verlieren habe, konnte ich ihr das sagen, was ihr bisher noch keiner gesagt hatte. Sie fühlt sich als das unglücklichste Geschöpf der Welt.«

»Hat sie nicht ein Recht dazu?«

»Nein!«

»Sie kann keinen Schritt laufen ...«

»Aber sie kann alles sehen, alle Wünsche werden ihr erfüllt, sie kann an allem teilhaben. Was sollen die Millionen vom Leben sagen, die täglich eine Handvoll Reis haben und in einer Blätterhütte schlafen?«

»Sie kennen es nicht anders.«

»Wie einfach Sie dieses Problem lösen! Sie kennen es nicht

anders! Gut denn – mag sich Ihre Tochter auch daran gewöhnen, das Leben nicht anders zu kennen als im Rollstuhl.«

»Aber sie kannte es ja anders.« Opperberg warf die Zigarre in den großen Jadeaschenbecher, der zwischen ihnen auf dem Rauchtisch am Kamin stand. »Es war meine Schuld, daß sie ein Krüppel im goldenen Käfig geworden ist. Vor vier Jahren war es – in Italien. Wir fuhren mit unserem Sportwagen nach Neapel, immer die herrliche Küstenstraße entlang. Ich wollte noch vor Einbruch der Dunkelheit in Neapel sein und fuhr deshalb ein wenig schnell.«

Poltecky nickte. »So wie vorhin auf der Bergstraße.«

Opperberg sah auf seine zitternden Hände. »Noch ein wenig schneller. Ich war immer ein wilder Fahrer. Aber immer ohne Unfall. Ich hatte ein fabelhaftes Reaktionsvermögen. Bis zu diesem Tag – es war genau 18.39 Uhr. Ich vergesse die Zeit nie, weil ich auf die Uhr sah, instinktiv, als der Wagen durch die Luft flog. In einer engen, scharfen Kurve – einer sinnlosen Kurve in einer flachen Landschaft. Aber sie war da, und ich wurde mit dem Wagen hinausgetragen und in das Feld geschleudert. Mit einem Salto. Julia fiel aus dem Wagen, bevor er auf die Erde zurückprallte. Sie fiel ganz weich – auf einen Heuhaufen, der neben der Straße aufgeschüttet war. Sie hatte sich nicht verletzt – sie konnte sich gar nicht verletzt haben, so weich fiel sie … Aber sie konnte nicht mehr gehen! Vom Heuhaufen aus mußten wir sie wegtragen. Und das ist so geblieben bis heute. Vier Jahre lang. Ich habe alle Spezialisten mit ihr besucht – in Amerika, in Schweden, in England, in der Schweiz, hier in Deutschland und sogar mit einer Ausnahmegenehmigung in Rußland! Ich habe alles getan, was ein Vater und ein Mann meines Vermögens tun konnte. Umsonst! Die Diagnose ist überall die gleiche: Schocklähmung! Sonst nichts! Begreifen Sie das? Keine inneren Verletzungen, kein Rückenwirbelbruch, keine eingeklemmten Nerven, gar nichts. Nur ein Schock! Und er widersetzt sich seit vier Jahren allen Versuchen eines Gegenschocks. Die Medizin ist am Ende.«

Poltecky trank nachdenklich seinen schweren Rotwein. »Es ist schrecklich«, sagte er leise.

»Und da kommen Sie und schnauzen meine Tochter an!«

»Ich habe das alles ja nicht geahnt. Ich habe mich dumm benommen.«

»Sie werden hierbleiben müssen und morgen wieder mit ihr sprechen.« Stephan Opperberg goß Polteckys Glas noch einmal voll.

»Ich werde in Godesberg erwartet.«

»Von Ihrer Gattin?«

»Nein.« Poltecky nahm schnell wieder einen Schluck Wein.

»Haben Sie sonstwie Verpflichtungen?«

»Ich wohne bei meiner Cousine.«

»Wenn Ihre Cousine Telefon hat, rufen wir gleich an. Ich werde Sie entschuldigen.«

»Danke, Herr Opperberg. Aber ich spreche selbst mit ihr.«

Das Gespräch mit Godesberg war kurz. Opperberg hörte es mit an und war, als Poltecky den Hörer wieder auflegte, fast sprachlos erstaunt. Poltecky hatte gesagt:

»Erna? Hier ist Franz. Ich bin bei Konsul Opperberg, und Herr Opperberg hat mich eingeladen, hierzubleiben bis morgen. Bitte, teile der Polizei mit, daß ich hier bin. Der arme Kerl, der mich beschattet, soll ins Bett gehen. Ich rücke nicht aus. Und mach dir keine Sorgen – es wird alles gut werden. Küßchen.«

Poltecky drehte sich herum und sah die ratlosen Augen Opperbergs.

»Tja – so ist das!« sagte er als Abschluß.

»Was soll das heißen?« fragte Opperberg. »Polizei – beschatten – ich rücke nicht aus ... Stehen Sie unter Polizeiaufsicht? Sind Sie ein Verbrecher? Wer sind Sie denn? Ich denke, Sie sind ein Schriftsteller?«

»Auch Autoren können unter Polizeiaufsicht stehen. Es ist aber nur eine Schutzmaßnahme, weiter nichts. Ich stehe im Kartenspiel von drei Geheimdiensten als Pik-As – das ist verteufelt unangenehm.«

»Geheimdienst? Sie?«

»Es ist ein Roman«, sagte Poltecky und setzte sich wieder in den Kaminsessel. »Ich habe Ihnen vor ein paar Stunden erzählt, wie aus einem Geldsuchenden wider Willen ein Heiratsschwindler wurde. Wie aus einem Betrüger ein Betrogener wurde. Die Sache mit den drei Mädchen ist nur das erste Kapitel.«

Dann erzählte er Stephan Opperberg den zweiten Teil seines fast unglaublichen Lebens.

Er berichtete von Arkan Subelkian, von Peter Brandenburg und dem smarten Joe Dicocca. Opperberg hörte zu, atemlos wie bei einem spannenden Drama. Als Poltecky zu Ende war, legte er ihm die Hand auf den Arm.

»Es ist fast unglaublich«, sagte Bankier Opperberg. »Aber es soll anders werden. Ich gebe Ihnen die 14 000 Mark. Das wiedergefundene Lachen meiner Tochter ist mir das wert.«

Am nächsten Morgen saßen sie wieder auf der Terrasse und tranken Kaffee.

Vom Rhein wehte ein kühlender Wind den Berg hinauf und linderte die schon brennenden Strahlen der Morgensonne. Die beiden herrlichen Barsois lagen neben Julia Opperberg und ließen sich von Poltecky streicheln und mit kleinen Toaststückchen füttern. Aber ihre Augen waren trotz aller Vertraulichkeit wachsam und beobachteten jede Hand- oder Armbewegung Polteckys.

Julia Opperberg schien in bester Laune zu sein. Nichts zeigte die große Erregung, die sie gestern durchgemacht hatte. Sie sah im Gegenteil frischer und ausgeruhter aus, hatte die langen, weißblonden Haare mit einem purpurnen Stirnband gebändigt und lachte laut über einige witzige Bemerkungen, die Poltecky über seinen Wahn, ein großer Schriftsteller zu sein, machte.

Stephan Opperberg war glücklich. Wenn man nicht hinuntersah auf den Rollstuhl, sondern Julia nur in die Augen und auf den Mund blickte, konnte man denken, vier Jahre seien weggewischt worden.

»Herr v. Poltecky wird jetzt öfter zu uns kommen«, sagte er, als der Diener das Frühstück abgeräumt hatte. Er sagte es so selbstverständlich, daß Poltecky nichts anderes übrigblieb, als zu nicken.

»Wenn ich Ihnen eine Freude damit machen kann«, sagte er etwas ungelenk. Julia reichte ihm die Hand hin.

»Sie können so nett erzählen. Wenn Sie das nächstemal kommen, bringen Sie doch etwas von Ihren literarischen Arbeiten mit.«

»O nein!« Poltecky spürte, wie er rot wurde. »Das möchte ich Ihnen nicht zumuten!«

»Sie machen sich immer schlechter, als Sie sind. Warum eigentlich?«

»Es ist das andere Extrem! Vor wenigen Wochen habe ich mich besser gemacht, als ich bin. Und habe kläglich Schiffbruch erlitten!«

Julia Opperberg hielt Polteckys Hand fest, als er sie ihr entziehen wollte. Ihre großen blauen Augen sahen ihn fragend an.

»Ich dachte, Sie seien ein herrlicher Optimist. Und auf einmal sind Sie so niedergeschlagen. Muß *ich* jetzt Ihnen Trost zusprechen? Vater wird Ihnen helfen – es wird alles gut werden. Und eines Tages sind Sie bekannt, man wird Ihre Romane drucken, Filme werden gedreht werden.«

»Ich habe nicht das Zeug dazu.« Poltecky schüttelte den Kopf. »Vielleicht werde ich wieder ein brauchbarer Drogist. Und ich schwöre Ihnen: Ich rühre keine Schreibmaschine mehr an! Nie mehr!«

»Sie haben noch nicht gezeigt, was Sie können! Sie sollten Ruhe haben, um das zu schreiben, was Sie wollen.«

Eine Stunde später war Poltecky wieder auf dem Weg nach Bad Godesberg. Konsul Opperberg hatte ihn mit seinem Wagen bis an die Fähre bringen lassen. Dort schickte Poltecky den chauffierenden Diener wieder zurück.

»Ich wohne nicht weit von der Godesberger Fähre entfernt«, sagte er. »Es wäre sinnlos, sich übersetzen zu lassen, um hundert Schritte zu fahren.«

In Erna Vorwercks Wohnung fand er einen Mann sitzen, als er die verschlossene Wohnungstür aufschloß und pfeifend ins Zimmer kam. Zuerst dachte Poltecky an einen Abgesandten Dicoccas und blieb an der offenen Tür stehen, um sofort zu flüchten oder um Hilfe rufen zu können.

Dann aber kam ihm der Fremde zu beamtenhaft korrekt vor.

»Was wollen Sie?« fragte er laut.

»Ich habe den Auftrag, hier auf Sie zu warten. Sie haben gestern angerufen, daß Sie heute zurückkommen. Von der Fähre wurde mir gemeldet, daß Sie unterwegs sind. Machen Sie bitte die Tür zu!«

»Was will denn die Polizei schon wieder von mir?« Poltecky schloß die Tür. »Ich habe alles gesagt, was ich von diesem Dicocca wußte.«

Der Kriminalbeamte winkte lässig ab. »Dicocca ist gefaßt. Er hieß eigentlich Richard Ullmann. Und er war auch kein Obstgroßhändler, sondern Vertreter für vollautomatische Geschirrspülmaschinen. Auch diesen Brandenburg haben wir. Arkan Subelkian ist gerade auf einer Orientreise. Ihm wird man nichts nachweisen können. Sie werden zwar als Zeuge aussagen müssen – aber deshalb bin ich nicht hier. Gegen Sie liegen zwei Anzeigen vor.«

»Gegen mich?« Poltecky setzte sich und nickte. »Ich habe es erwartet.«

»Von zwei Mädchen. Carola Pfindt aus Fulda und Martina Schneewind aus Hamburg. Wegen Heiratsschwindels.«

»Auch Martina!« sagte Poltecky. Es war wirkliche Trauer in seiner Stimme. »Das hätte ich nicht gedacht.«

Der Kriminalbeamte hob die Schulter. Er fand Poltecky sympathisch und gar nicht aussehend wie ein Freibeuter der Liebe. Aber er mußte seine Pflicht tun.

»Gegen Sie liegt ein Haftbefehl der Staatsanwaltschaft in Hamburg vor. Natürlich auch einer aus Fulda. Aber Hamburg kam eher. Wir werden Sie nach Hamburg transportieren.«

»Sofort?« Poltecky erhob sich.

»Sie können einige Sachen packen. Noch ist es ja Untersuchungshaft.«

»Und wie kann ich mich von meiner Cousine verabschieden?«

»Das brauchen Sie nicht. Sie kommt morgen nach Hamburg nach.«

»Als dritte Klägerin?«

»Ich glaube nicht. Sie will für Sie aussagen.«

Poltecky sah auf den Teppich. Er kam sich hundeelend vor. »Kleine, liebe, arme Erna«, sagte er leise, »das habe ich ja gar nicht verdient.«

»Sagen Sie das bloß nicht vor Gericht«, meinte der Kriminalbeamte jovial.

»Ich werde alles sagen.« Poltecky ging in den Nebenraum und holte einen Koffer Ernas. »Man soll mich drei oder vier oder fünf Jahre einsperren – dann habe ich wenigstens Ruhe.« Er klappte den Koffer auf und sah über den Deckelrand auf den Kriminalbeamten.

»Was glauben Sie«, sagte er, »wie sehr ich mich nach Ruhe sehne.«

Die Anzeige Carola Pfindts kam ohne ihr Zutun zustande. Sie wollte sie eigentlich gar nicht, aber sie kannte nicht die Gründlichkeit deutschen Beamtentums.

Carola war zur Polizei gegangen. Nicht, um Poltecky anzuzeigen, sondern um einen Rat zu holen. Sie hatte niemanden, mit dem sie sich aussprechen konnte. Zu ihrem Chef wollte sie nicht gehen. Sie hatte das Gefühl, lächerlich zu erscheinen. Außerdem schämte sie sich. Aber die Polizei würde vielleicht einen Weg wissen, etwas über Franz zu erfahren, dachte sie.

Der Beamte, der Carola Pfindt anhörte, wurde sehr hellhörig, als sie ihre Geschichte erzählte.

»Na, na«, sagte er, »das klingt ja toll. Zeigen Sie mal den Zettel her, den Sie in der Kölner Wohnung dieses Poltecky gefunden haben.«

Wenn Beamte einen Namen nennen und »diesen« davorsetzen, ist der Grad erreicht, wo die Beratung in eine amtliche Handlung umschlägt. So war es auch bei Carola. Kaum hatte sie den zerrissenen und wieder geflickten Zettel vorgelegt, als der Polizist aufschaute und das rothaarige Mädchen musterte.

»Hat er Geld von Ihnen genommen?«

»Ja.«

»Da haben wir's! Der typische Fall! Ich werde sofort eine Anzeige aufsetzen.«

»Aber ich will doch gar keine Anzeige!« rief Carola aus. Der Beamte sah sie an, als sei sie aus einer Anstalt entwichen.

»So etwas geht seinen Weg!« sagte er hart. »Sie haben uns auf die Spur dieses Heiratsschwindlers gesetzt! Alles andere ist Sache der Staatstanwaltschaft!«

»Aber ich will ja gar nicht!« rief Carola noch einmal.

»Ob Sie jetzt noch wollen oder nicht, ist gleichgültig. Hier liegt eine strafbare Handlung vor, die geahndet werden muß. Ich setze das Protokoll sofort auf.«

Eine halbe Stunde später unterschrieb Carola Pfindt die Anzeige und das Aussageprotokoll.

Und während sie ihren Namen unter die Blätter setzte, weinte sie haltlos und sagte immer: »Das habe ich nicht gewollt. Das habe ich bestimmt nicht gewollt.«

Die Klage Martina Schneewinds hatte zwei Ursachen. Einmal wußte sie selbst nicht mehr was sie tun sollte, nachdem der Betrug Polteckys so unwiderlegbar klar zutage gekommen war, zum zweiten arbeitete die Kriminalpolizei in Bonn mit dem Betrugsdezernat von Hamburg zusammen, nachdem die ziemlich undurchsichtige Vergangenheit Polteckys dem Mann mit den stoppeligen grauen Haaren sehr bedenklich vorgekommen war.

Kriminalkommissar Ernst Baumann, der den Fall Herwig Walker nach den Geständnissen Walkers und Bretschniders abgeschlossen hatte, berichtete nach Bonn: »Franz v. Poltecky ist einer der Geschädigten Walkers und steht mit 14 000 DM an 23. Stelle der Gläubigerliste.« Woher das Geld stamme, schrieb Baumann, sei nicht untersucht worden. Man habe keine Veranlassung dazu gesehen.

Die Anfrage aus Bonn allerdings ließ Kommissar Baumann sich daran erinnern, daß eine Lehrerin Martina Schneewind in den Fall Poltecky mit verwickelt war. Soviel man wußte, hatten die beiden heiraten wollen.

Es war ein trostloser, regnerischer Abend, als es bei Martina schellte und Kommissar Baumann seine Dienstmarke vorzeigte. Martina ließ ihn sofort eintreten und begann zu weinen, noch bevor Baumann ein Wort gesagt hatte.

Ernst Baumann zog seinen regennassen Mantel aus und warf ihn über eine Sessellehne.

»Warum weinen Sie?« fragte er fast väterlich. Er kannte den Grund. Was die Anfrage aus Bonn ihn ahnen ließ, wurde in diesen wenigen Minuten in ihm zur Gewißheit. Der »Fall Walker« setzte sich in einem »Fall Poltecky« fort.

Baumann versuchte, sich an diesen Filmschriftsteller Poltecky zu erinnern. Das Bild war unvollkommen und verschwommen – groß, schlank, mit ergrauten Haaren. Und mit einem Gipsbein. Richtig – er hatte ein Gipsbein, als er seine Zeugenaussage machte. Walker hatte ihn die Eisentreppe des angeblichen Ateliers hinabgestoßen. Das war ein Punkt, den Walker zwar eisern leugnete, denn ein Mordversuch brachte ihn nach seinen Vorstrafen in Sicherungsverwahrung.

»Wann haben Sie Poltecky zum letzten Male gesehen?« fragte Kommissar Baumann.

Martina Schneewind sah aus roten, tränennassen Augen zu ihm auf. »Es ist schon Wochen her. Ich weiß nicht mehr, was ich tun soll. Ich – ich ...« Sie wandte sich wieder ab und weinte.

»Sie lieben ihn?«

Martina nickte. »Ja.«

»Er hat Ihnen die Heirat versprochen?«

»Wir wollten heiraten. Bald nach Beendigung des Films.«

»Der nie gedreht wurde. Und er hat Ihnen durch sein Eheversprechen Geld abgelockt?«

»Nein!« Martina fuhr von der Couch hoch. Sie wischte sich mit dem Handrücken die Tränen aus dem Gesicht. »Nein – das hat, er nie! Ich habe es ihm freiwillig gegeben.«

»Wieviel?«

»7000 Mark.«

»Er hatte aber 14 000 Mark eingezahlt. Er muß demnach noch andere Mädchen um ihre Ersparnisse betrogen haben. Von seinem Gehalt als Drogist konnte er sich diese Summe nicht sparen. Wissen Sie etwas drüber?«

»Nein.« Martina starrte an Baumann vorbei. Franz, ein Betrüger ... Auch der Schulrat hatte es gesagt. Sie konnte und wollte es nicht glauben. Aber es war alles so logisch, was sie hören mußte, es war alles so schrecklich einfach und unwiderlegbar, daß die Tatsachen ihre verzweifelte Liebe zu Poltecky erdrückten. »Ich kann nur sagen: Ich habe das Geld freiwillig gegeben.«

»Aber doch erst dann, als es für Sie sicher war, daß Sie heiraten würden?«

»Ja«, sagte Martina leise.

»Und Poltecky hatte nie die Absicht, zu heiraten?«

»Doch, doch! Er wollte mich heiraten!« Martina fuhr sich mit den Fingern durch die nußbraunen Haare und zerwühlte sie. »So lügen kann kein Mensch! Nein, nein! Mag er die anderen Mädchen vielleicht betrogen haben – mich wollte er heiraten.«

In Kommissar Baumann kroch Mitleid empor. Er hatte viele Menschen in seinen langen Dienstjahren weinen sehen, und meistens waren es berechnende, gespielte, geheuchelte Tränen. Der unerschütterliche Glaube Martina Schneewinds ergriff auch ihn, und es tat ihm körperlich weh, diesen Glauben zerstören zu müssen.

»Ein Gauner kann lügen, daß selbst der Teufel errötet.«

»Franz ist kein Gauner!« Martina fuhr zu Baumann herum. »Er mag leichtsinnig sein ...«

»Wer 14 000 Mark erschwindelt, dürfte ein schwerer Junge sein. Hätten Sie ihm Ihr ganzes erspartes Geld gegeben, wenn er nicht zu Ihnen gesagt hätte: ›Ich heirate dich‹?«

Martina Schneewind schwieg. Die Frage war klar, und die Antwort auch. Aber sie sprach sie nicht aus. Kommissar Baumann zuckte mit den Schultern.

»Na also!« antwortete er an ihrer Stelle. »Natürlich nicht. Und als er Ihr Geld hatte, schwindelte er Ihnen Außenaufnahmen am Rhein vor und verschwand. Daß er nun seinerseits von einem noch größeren Gauner betrogen wurde, ist ein tragikomischer Scherz des Schicksals. Sie müssen doch zugeben, daß Polteckys Verhalten in den letzten Wochen sehr – sagen wir es vorsichtig – merkwürdig war.«

»Ja.«

»Er hat Ihnen geschrieben?«

»Jede Woche.«

»Und was?«

Martina schwieg wieder. Er hat von den Außenaufnahmen berichtet, dachte sie. Er hat sogar Bilder geschickt. Er hat von neuen Filmplänen geschwärmt, von einer herrlichen Zukunft in einem kleinen Haus mit einem großen Garten draußen an der Unterelbe.

Sie drehte sich zum Fenster und senkte schluchzend den Kopf. Kommissar Baumann nahm seinen noch nassen Mantel vom Sessel und zog ihn wieder an.

»Kommen Sie morgen früh zu mir ins Präsidium«, sagte er mit tröstender Stimme. »Wir müssen eine Anzeige machen.«

»Nein!«

»Wir kommen nicht mehr drum herum. Wir können doch nicht eine strafbare Handlung decken! Ist er wirklich unschuldig, so wird der Richter ihn freisprechen. Nur muß die Gerechtigkeit ihren Lauf nehmen.« Er öffnete die Tür und drehte sich in ihr noch einmal um. »Morgen um 9 Uhr, Fräulein Schneewind – Zimmer 217.«

Martina nickte.

Bankier Stephan Opperberg fand am nächsten Morgen die Wohnung Erna Vorwercks verschlossen. Auch als er nach zwei Stunden noch einmal schellte, öffnete ihm keiner.

Von dem Hausmädchen des Chirurgie-Professors im Erdgeschoß erfuhr er dann, daß er um einige Stunden zu spät gekommen war.

»Verhaftet hat man ihn«, sagte das Mädchen. »Stellen Sie sich das vor! In unserem Hause die Kriminalpolizei! Und dann die arme Frau Vorwerck! Läßt sich mit einem Heiratsschwindler ein! Das kann sie die Stellung beim Auswärtigen Amt kosten.«

Opperberg verließ sehr nachdenklich das alte Haus in der Amalienallee.

Nie durfte Julia erfahren, was geschehen war.

Das war zunächst das erste, was der Bankier überlegte. Das glückliche Leuchten in den Augen seiner Tochter, ihr helles Lachen nach den schrecklichen Jahren der Schweigsamkeit, ihr wiedergewonnenes Vertrauen zum Leben, das alles würde wieder zusammenbrechen und umschlagen in tiefste Resignation, wenn Julia die Wahrheit erführe.

Stephan Opperberg fuhr von Godesberg sofort nach Bonn und wurde nach einigen Rückfragen und langem Herumsitzen in Amtszimmern zu dem kleinen Herrn mit den grauen Stoppelhaaren geführt. Er saß hinter einem mit vielen Akten bedeckten Schreibtisch und war nicht erstaunt, Opperberg bei sich zu sehen.

»Ich habe so etwas erwartet, Herr Konsul«, sagte er. »Sie kommen, um die Freilassung Polteckys durch eine Kaution zu erwirken.«

»Können Sie Gedanken lesen?« fragte Opperberg verblüfft.

»Es ist Logik. Poltecky wurde verhaftet, als er von Ihnen zurückkehrte. Er hat einen blendenden Eindruck auf Sie gemacht – mehr noch auf Ihre Tochter. Das ist seine Spezialität. Der Bengel hat eine Ausstrahlung auf die Frauen, die uns Männern unverständlich ist. Selbst meine Stenotypistinnen verdrehten die Augen, während sie das Stenogramm seiner Aussage aufnahmen. Damit hat er Geld verdient, der gute Poltecky. Ein kleiner Falschmünzer der Herzen. Aus Sehnsucht und Gefühlen prägt er harte Geldstücke. Aber das wäre kein Grund, ihn nicht gegen eine Kaution freizulassen, vor allem, wenn Sie für ihn bürgen, Herr Konsul. Nur ist da noch etwas. Poltecky ist nicht allein ein Nachfolger Casanovas, sondern auch ein Politikum. Und da versagen alle Kautionen.«

»Ich weiß. Die Spionageanträge. Spricht es nicht für Poltecky, daß er sich so tapfer dabei geschlagen hat und wirklich Charakter zeigte?«

»Charakter?« Der kleine Mann mit den eisgrauen Stoppelhaaren lächelte mokant. »Vielleicht war es nur Angst? Ganz gemeine Angst? So mancher ist durch eine Tat der Angst zu einem Helden deklassiert worden.«

»Ich kenne die Geschichte Polteckys. Er hat mir alles erzählt.«

»Alles? Auch das mit den drei Frauen?«

»Auch.«

»Und trotzdem halten Sie Ihre Hand über ihn?«

»Ich betrachte das alles als eine Kette tragikomischer Zufälle. Poltecky wäre bereit gewesen, für die große Chance, einen Film schreiben zu können, alles zu verschenken – seinen Namen, seine Liebe, sein ganzes bisheriges Leben. Er war ja nicht mehr auf der Erde. Er ritt auf dem Flügelroß der Dichter durch den Himmel und spielte mit den Wolken.«

Der kleine Mann lächelte sarkastisch. »Anstatt Mäzen junger Künstler zu sein, sollten Sie selbst lyrische Gedichte schreiben, Herr Konsul.«

»Man wird Anklage erheben?« fragte Opperberg, ohne auf das Lächeln zu achten.

»Das wird die Voruntersuchung ergeben. Poltecky hat jedenfalls zugegeben, von drei Mädchen 14000 Mark bekommen zu haben. Zwei Mädchen haben Strafantrag wegen Heiratsschwindel gestellt. Es bleibt uns, trotz Polteckys Hilfe beim Ausheben des Spionageringes, gar nichts anderes übrig, als die Vernehmungsprotokolle an die Staatsanwaltschaft weiterzugeben.«

»Und wenn die Mädchen aussagen, daß sie nicht geschädigt worden sind?«

»Das wäre widersinnig, wo sie erst den Antrag gestellt haben.«

»Kann ich die Namen der Mädchen erfahren?« Opperberg zog ein in Krokodilleder gebundenes Notizbuch aus der Rocktasche. Der kleine Mann mit den eisgrauen Stoppelhaaren schob die Unterlippe vor.

»Eigentlich dürfte ich das nicht«, sagte er. »Ich weiß, was Sie vorhaben, Herr Konsul. Sie fallen damit der Gerechtigkeit in den Rücken.« Er suchte in seinem Aktenberg nach einem Schriftstück, klappte es auf und legte es auf seinen Platz. »Ich darf es wirklich nicht, Herr Konsul.« Der kleine Mann erhob sich und kam um den Tisch herum. »Sie entschuldigen mich aber einen Augenblick – ich bleibe etwa fünf Minuten.«

Er blinzelte Stephan Opperberg zu und verließ das Zimmer.

Als er wieder zurückkam, saß Opperberg noch immer auf dem Stuhl, aber er hatte das Notizbuch eingesteckt. Der kleine Mann klappte die Akte wieder zu und legte sie auf den Stapel zurück.

»Ich darf es wirklich nicht, Herr Konsul. So leid es mir tut.«

»Ich habe volles Verständnis dafür. Sie haben Ihre Vorschriften. Entschuldigen Sie die Störung.« Opperberg drückte dem kleinen Mann die Hand. »Es hat mich sehr gefreut, Sie kennengelernt zu haben. Und wenn *Sie* einen Wunsch haben, der meinerseits erfüllbar ist – ich gehe auch einmal aus dem Zimmer.«

Von Bonn fuhr Stephan Opperberg sofort nach Fulda.

Carola Pfindt, am Ende ihrer Nervenkraft, hatte sich beurlauben lassen und empfing den unbekannten Besucher bleich und mit verhärmtem Gesicht.

Die herrlichen roten Haare hingen ihr ungepflegt in die Stirn – sie hatte nicht einmal mehr Lust, auf ihr Äußeres zu achten. Für wen? dachte sie immer. Für wen soll ich mich schön machen? Den einzigen Mann, den ich liebte, bringe ich ins Zuchthaus.

»Ich möchte mit Ihnen über Franz v. Poltecky reden«, sagte Opperberg, nachdem er Platz genommen hatte. Carola schüttelte den Kopf.

»Sind auch Sie von der Polizei?« fragte sie schwach.

»Nein. Ich bin Bankier in Köln und wohne in Bad Honnef. Ich habe bestimmte Gründe, mich um Herrn Poltecky zu kümmern. Durch Zufall erfuhr ich, daß Sie eine der Damen sind, die sich geschädigt fühlen.«

»Bitte, hören Sie doch davon auf!« sagte Carola gequält. »Ich habe ihm Geld gegeben, ja. Aber er hat es nie gefordert. Ich habe es ihm gegeben, weil ich glaubte ...« Sie drückte ihr Taschentuch vor den Mund und schwieg. Schluchzen drängte sich in der Kehle hoch.

»Aber Sie haben ihn doch angezeigt!«

»Auf der Polizei sagte man mir, es bleibe gar kein anderer Weg. Es sei Pflicht eines jeden Staatsbürgers. Und ich war so durcheinander, ich wußte gar nicht mehr, was ich tat. Ich hatte nächtelang nur geweint, ich war am Ende. Da habe ich alles unterschrieben. Ich wollte es ja gar nicht.«

Opperberg musterte Carola Pfindt. Sie war hübsch, ihre feuerroten Haare glänzten wie Kupfer in der Sonne. Ihr rundes Gesicht war etwas puppenhaft. Sie ist so ganz anders als meine Julia, dachte Opperberg. Aber er verstand Poltecky, daß er sich nicht wehrte, von diesem Mädchen geliebt zu werden. Es sah aus, als sei es eigens für die Liebe erschaffen worden.

Er griff in seine Rockinnentasche und holte ein Scheckbuch heraus. Ein Scheck war bereits ausgefüllt. Opperberg hatte aus der Akte des kleinen Mannes nicht nur die Namen notiert, sondern auch die Schuldsummen. Langsam riß er den Scheck aus dem Buch und schob ihn Carola über den Couchtisch zu.

»Bitte – Ihre 4000 Mark. Ich bin ermächtigt – von Herrn v. Poltecky – Ihnen dieses Geld zu überreichen.«

Carola starrte auf den Scheck.

»Sie wollen Franz helfen?« fragte sie leise.

»Ich möchte mir mit diesem Scheck etwas von Ihnen erkaufen, Fräulein Pfindt. Ich bin Bankier – Sie wissen, daß wir für alle Geschäfte Sicherheiten verlangen. In diesem Falle wäre die Sicherheit Ihre klare Aussage vor Gericht, daß Herr v. Poltecky Sie nicht geschädigt hat und Sie Ihr Geld zurückerhalten haben.«

»Selbstverständlich werde ich das sagen!« rief Carola. Ein glückliches Leuchten trat in ihre Augen. »Und dann wird man Franz freilassen, nicht wahr?«

»Ja.« Opperberg sah auf sein Scheckbuch. Es ist ekelhaft,

dachte er, mit dem Geld zu wuchern und Wohltätigkeiten mit eigennützigen Vorteilen zu verknüpfen. Aber er tat es für Julia, und es gab nichts, was Opperberg nicht für seine Tochter getan hätte. »Aber das ist noch nicht alles.«

»Ich sage alles aus, was Sie wollen! Wenn Franz nur nicht verurteilt wird.«

»Es handelt sich hierbei nicht mehr um Ihre Aussage. Ich möchte Sie bitten ...« Opperberg stockte und suchte nach Worten, um seinen Wunsch nicht wie einen Schlag wirken zu lassen. »Ich – ich – kurz gesagt: Herr v. Poltecky wird nicht mehr nach Fulda kommen können.«

»Nicht mehr nach Fulda kommen können ...«, wiederholte Carola. In ihren glücklichen Blick trat eine staunende Starrheit. »Soll das heißen ...?«

»Ich möchte Sie aus Gründen, die ich hier nicht darlegen kann, bitten, das Erlebnis mit Poltecky als – als eine Episode in Ihrem Leben zu betrachten. Episoden sind vergänglich, sie werden schöne oder weniger schöne Erinnerungen – und das Leben geht weiter.«

»Hat Ihnen das Franz gesagt? Sollen Sie mir das bestellen?«

»Nein. Von unserer Unterredung weiß er nichts. Aber Sie und ich wollen ihn vor dem Zuchthaus bewahren. Daran sollten wir denken – an sonst nichts.«

Und Carola Pfindt nickte. Sprechen konnte sie nicht mehr. Wenn sie den Mund öffnete, würde es nur ein Aufschrei sein.

Mit einem stummen Händedruck verabschiedete sich Opperberg.

Die Hamburger Kriminalpolizei nahm Poltecky mit auffälliger Freundlichkeit in Empfang. Der Begleitbeamte aus Bonn übergab die Akten und die Transportscheine und fuhr mit dem nächsten Zug gleich zurück. Kommissar Ernst Baumann hatte eine Kanne Kaffee kochen lassen und klopfte Poltecky auf die Schulter, als er hereingeführt wurde.

Poltecky war in den Tagen seines Aufenthaltes im Untersuchungsgefängnis noch schmaler und blasser geworden. Mehr denn je fielen die mit weißen Fäden durchzogenen Haare auf, die so gar nicht zu dem noch jungen Gesicht paßten. Ein großer Junge, dachte Ernst Baumann. Ein Träumer. Ein Phantast. Er ist da in etwas hineingeschlittert, dessen Tragweite er vielleicht noch gar nicht begreift.

»Was werden Sie tun, wenn Sie wieder frei sind?« fragte Baumann. Poltecky sog an seiner Zigarette. Seine Hand zitterte leicht.

»Ich werde mir irgendwo eine Stelle als Drogist suchen. Wenn man mich wieder will – einen entlassenen Zuchthäusler. Aber eines weiß ich ganz sicher: Ich werde nie wieder eine Zeile schreiben!«

»Das mit dem Zuchthaus ist so eine Sache.« Kommissar Baumann blätterte in einigen Papieren die mit der Akte Poltecky gekommen waren. »Die Staatsanwaltschaft in Hamburg wird die Eröffnung der Verhandlung beantragen – aber sie hat kaum noch Anklagemomente. Es liegen hier zwei Briefe vor – von Martina Schneewind und Carola Pfindt, daß sie sich nicht geschädigt fühlen. Von Erna Vorwerck lag diese Bestätigung ja schon bei Ihrer Verhaftung vor.«

Poltecky sah auf die brennende Spitze seiner Zigarette. »Ich bin das alles nicht wert«, sagte er leise. »Ich weiß, wie weh ich ihnen allen getan habe. Sie haben mir ihr ganzes Geld gegeben.«

»Leihweise. Sie haben es ja auf Heller und Pfennig zurückgezahlt.«

Poltecky zuckte vom Stuhl hoch. Sein Gesicht wurde völlig ratlos. »Was habe ich?«

»Das Geld zurückgezahlt. Alle drei Frauen haben eine Bankbestätigung eingereicht, aus der ersichtlich ist, daß Sie die 14 000 Mark zurückgegeben haben.«

»Aber das ist doch unmöglich ...« stotterte Poltecky. »Es gibt doch keine Wunder.«

»Alle drei Damen erhielten den Scheck von Ihrem Beauftragten, dem Bankier Opperberg.«

»Opperberg ...« sagte Poltecky leise. Er setzte sich langsam. Plötzlich schlug er die Hände vor das Gesicht und schluchzte auf.

Ernst Baumann trat an das Fenster und drehte Poltecky den Rücken zu. Er ließ ihn in seiner Erschütterung allein.

»Der Prozeß wird kurz sein«, sagte Baumann nach einer Weile des Schweigens. »Und er wird ein Kuriosum werden. Sie als Angeklagter haben eine Tat gestanden, die die Geschädigten leugnen. Sonst ist es immer umgekehrt. Es ist fast so, als müßte der Staatsanwalt die Frauen vor Ihrem Geständnis in Schutz nehmen. Wäre Ihr Geständnis nicht, gäbe es überhaupt keinen Prozeß.«

Poltecky starrte Kommissar Baumann an. Er wußte, was dieser so leichthin gesprochene Satz zu bedeuten hatte. Er war eine versteckte Aufforderung, eine goldene Brücke in die Freiheit. Er brauchte jetzt nur zu sagen: »Mein Geständnis war falsch. Ich habe es in großer seelischer Erregung gemacht und war zu diesem Zeitpunkt nicht mehr im Besitz meiner vollen geistigen Kräfte.«

Poltecky schüttelte den Kopf. Mit wirklicher Verblüffung und sichtlichem Unverständnis sah es Ernst Baumann.

»Ich habe die Heiratsanzeige aufgegeben, um Mädchen mit Geld kennenzulernen. Ich werde es nie leugnen.«

»Aber Sie haben keinem Mädchen die Heirat versprochen.«

Poltecky nagte an der Unterlippe. Wenn er »nein« sagte, brach die Anklage zusammen. Aber dieses Nein würde Martina beleidigen. Und es wäre Martina gegenüber auch eine Lüge, denn er war bereit, sie zu heiraten. Auch heute noch.

»Doch. Ich habe von Heirat gesprochen.«

»Beiläufig. Vielleicht so: ›Natürlich werden wir heiraten, wenn ...‹ Es war doch ein Wenn dabei, eine Einschränkung.«

»Nein.«

Baumann erhob sich und ließ die Arme wie verzweifelt an den Körper fallen. »Ihnen ist nicht zu helfen, Poltecky. Sie sind der ehrlichste Gauner, den ich bisher getroffen habe. Ich glaube fast, Sie wollen Ihren Prozeß.«

»Ja.«

Zwei Wochen lang hatte Stephan Opperberg alle Mühe, Julia mit Ausreden, Lügen und angeblichen Telefongesprächen Polteckys zu beruhigen.

Nachdem er aus Hamburg zurückgekommen war, wo er Martina Schneewind ebenfalls einen Scheck hinterlassen hatte und sie zum Verzicht auf Poltecky verpflichtete, war es seine Aufgabe, Julia in dem Glauben zu lassen, Poltecky sei zu wichtigen Verhandlungen nach München gefahren und komme erst in einigen Tagen zurück.

Julia bekam keine Zeitung mehr zu lesen. Entweder las Opperberg sie ihr vor, oder der Diener hatte strengste Anweisung, alle Bitten Julias nach der Zeitung so lange zu überhören oder zu vergessen, bis Opperberg wieder im Hause war. Jeden Tag konnte etwas von Poltecky gemeldet werden. Es war nicht auszudenken, wie Julia darauf reagieren würde.

Zwei Tage vor der Prozeßeröffnung trafen sich die drei Mädchen in Hamburg im Alstercafé.

Der Gedanke kam von Erna Vorwerck, oder besser gesagt, von Ministerialrat Dr. Kruge.

»Ich würde eine gemeinsame Front der Poltecky-Frauen aufstellen«, sagte er zu Erna Vorwerck, als sie die Nachricht von der Prozeßeröffnung bekam. »Ich weiß doch, daß Sie ihm helfen wollen. Schreiben Sie an die anderen Frauen, vereinbaren Sie ein Zusammentreffen in Hamburg. Und dann wird sich alles Weitere ergeben.«

Es war ein sonniger Vormittag, als im Alstercafé Carola Pfindt einen Tisch am Fenster aussuchte.

Der Kellner starrte einen Augenblick entgeistert auf ihre hellroten Haare, die in der Sonne wie Flammen leuchteten. Er hatte vieles an Haarfarben gesehen, vom tiefsten Blauschwarz bis zum Schneeweiß mit rosa oder violettem Schimmer. Aber dieses Rot war einmalig. Und es war echt, wie er kundig feststellte, als er sich zu Carola vorbeugte, um ihre Bestellung entgegenzunehmen.

Als zweite betrat Martina Schneewind das Café. Sie trug ein strenges Sommerkostüm mit hochgeschlossener Bluse und weißen Perlonhandschuhen. Carola beobachtete sie, wie sie sich im Café umsah und den Kellner nicht beachtete, der diensteifrig hinter ihr stand und darauf wartete, daß sie die Kostümjacke auszog.

Das muß sie sein, dachte Carola, und mußte trotz des traurigen Anlasses lächeln. Wie verschieden der Franz seine Liebe verteilt hat, dachte sie. Wie weit im Wesen sind doch diese Martina und ich auseinander.

Sie winkte von ihrem Tisch aus und rief: »Bitte, hierher.«

Martina Schneewind drehte sich zu Carola um. Rote Haare, dachte sie. Fräulein Pfindt aus Fulda.

Etwas indigniert kam sie an den Tisch und reichte Carola die Hand.

»Schneewind.«

»Pfindt.«

»Das Auswärtige Amt fehlt noch?«

Carola lachte. Irgendwie war der Bann gebrochen, der untergründige, tiefsitzende, bohrende Haß, den sie voreinander empfanden, weil sie den gleichen Mann liebten.

»Sie hält das akademische Viertel ein«, sagte Carola krampfhaft fröhlich. Der Kellner nahm Martinas Jacke ab und hängte sie an einen Kleiderhaken.

»Auch einen Mokka, die Dame?« fragte er.

»Eine Coca.«

Zehn Minuten später kam Erna Vorwerck herein. Sie brauchte sich nicht umzublicken. Zielsicher ging sie auf die beiden Mädchen zu.

»Es ist schön, daß Sie gekommen sind«, sagte sie. »Ich bin Erna Vorwerck.«

»Jetzt haben wir eine ganze Palette.« Carola drückte Erna die Hand. »Von rot über nußbraun zu blond. Vielleicht kannte Franz das alte Lied: ›Ob blond – ob braun – ich liebe alle Frau'n‹.«

»Ich finde diese Bemerkung geschmacklos«, sagte Martina strafend. »Es geht hier nicht um Witze oder Galgenhumor, sondern um Franz' Zukunft. Was soll also werden?«

»Ja, was soll werden?« fragte auch Carola Pfindt und sah auf Erna Vorwerck.

»Zunächst müssen wir eines sein: ohne allen Neid oder Haß gegeneinander. Uns alle hat Franz geliebt – und jede von uns hat ihn geliebt. Das macht uns eigentlich zu Schwestern.«

»Eine trostlose Verwandtschaft«, warf Martina ein.

»Und jede von uns liebt ihn noch!« sagte Erna hart.

Da sahen sie vor sich auf den Tisch und schwiegen. Es war eine stumme Einigkeit.

An diesem Tage geschah es auch, daß Julia Opperberg mit ihrem Selbstfahrstuhl auf der Terrasse herumrollte und eine Zeitung vom Vortage zu greifen bekam, die der Diener hatte liegenlassen. Sie spürte, daß man ihr etwas vorenthielt.

Stephan Opperberg hatte ihr daraus vorgelesen, geduldig wie jeden Tag, zwei Stunden lang. Nur einen Artikel hatte er verschwiegen und die Zeitung so gefaltet, daß Julia ihn nicht sehen konnte.

»In dieser Woche wird in Hamburg einer der merkwürdigsten Prozesse der Hamburger Justizgeschichte beginnen.

Angeklagt ist der Drogist und Amateurschriftsteller Franz Schuster aus Köln, der als Franz v. Poltecky drei Frauen um 14 000,– DM betrog, um damit einen Film mitzufinanzieren. Er ist wegen Heiratsschwindels angeklagt. Keine der betrogenen Frauen aber fühlt sich geschädigt, so daß die Staatsanwaltschaft ihre Anklage nur auf dem Geständnis des Poltecky aufbauen kann, der seinerseits wieder alles gestanden hat und somit in krassem Widerspruch zu den Geschädigten steht.«

Die Zeitung unter der Decke verbergend, rollte sich Julia Opperberg in einen Winkel der großen Terrasse. Sie sah sich nach allen Seiten um. Der Diener war im Haus, der Gärtner arbeitete bei den Rosenstöcken. Sie war allein.

Und sie begann, die Zeitung zu lesen.

Der Diener, der eine Viertelstunde später durch den Garten ging und über die große Terrasse schaute, sah Julia Opperberg lang ausgestreckt auf ihrem Rollbett liegen. Sie schläft, dachte er. Und die Sonne scheint ihr ins Gesicht. Er rannte zu dem großen Sonnenschirm, schleppte ihn zu ihr hin und deckte die Sonnenstrahlen ab.

In diesem Augenblick bemerkte er, daß in der herabhängenden Hand Julias eine Zeitung lag. Er beugte sich über das bleiche Gesicht Julias und sah, daß sie in tiefster Ohnmacht lag.

»Herr Opperberg!« schrie er grell. Er rannte ins Haus, außer sich vor Sorge und Furcht, riß die Türen auf und stürmte in das Arbeitszimmer, wo Opperberg gerade einen Brief in das Diktaphon diktierte. »Herr Konsul – das gnädige Fräulein – das gnädige – sie – sie ...«

Opperberg fuhr empor. Er sah in das völlig verstörte, verzerrte Gesicht des Dieners und fühlte, wie ihm das Blut stockte.

»Julia ...«

»Sie hat eine Zeitung gefunden. Sie hat den Artikel über Herrn Poltecky ...«

»Um Gottes willen!« Opperberg stieß den Diener zur Seite und rannte hinaus auf die Terrasse. Dort waren das Hausmädchen und der Gärtner schon dabei, mit Wasser und Parfüm gegen die Ohnmacht anzugehen. Julia atmete kaum und zeigte keinerlei Bewegung mehr.

Stephan Opperberg kniete neben ihr nieder, streichelte sie, rief immer wieder ihren Namen, versuchte, ihre fest aufeinandergepreßten Lippen zu öffnen und massierte ihr das Herz.

Der Diener rief unterdessen den Arzt an und die Bonner Universitätsklinik.

Noch während sich Opperberg um seine Tochter bemühte und vergeblich darüber nachgrübelte, wie die Zeitung in Julias Hände gekommen war, rannte Prof. Dr. Seberg durch den Garten und beugte sich nach einer kurzen Begrüßung über die noch immer regungslose Julia. Er maß den Blutdruck, den Puls, untersuchte die Herztöne und prüfte die Reflexe. Dann zog er ein kreislaufstärkendes Mittel in die Spritze auf und injizierte es intravenös.

»Es ist ein sehr starker Schock«, sagte Prof. Seberg ernst und fühlte wieder den Puls und hörte das Herz ab. »Sie muß etwas gehört oder erlebt haben, was sie ungeheuer erschütterte.«

»Ist – ist – es ernst?« stotterte Opperberg. Er war am Ende seiner Selbstbeherrschung.

Prof. Seberg hob die Schultern. »Ein Schock ist immer eine sehr ernste Angelegenheit. Bei der nervlichen Sensibilität Julias kann es zu einer Kreislaufschwäche kommen. Kann. Wie ist es eigentlich geschehen?«

»Sie hat eine Zeitung gelesen.« Opperberg sah die Zeitung noch immer auf der Erde liegen. Er hob sie auf und gab sie Prof. Seberg. »Da – dieser Artikel. Ich habe seit Tagen auf ihn gewartet und die Zeitungen nur immer vorgelesen. Und ausgerechnet diese Ausgabe muß sie selbst lesen.«

Prof. Seberg überflog schnell den Artikel. Verwundert blickte er zu Opperberg und auf die regungslose, wie tot daliegende Julia.

»Was haben Sie mit diesem Heiratsschwindler Poltecky zu tun, Herr Konsul?«

»Er ist kein Heiratsschwindler. Seine Geschichte ist zu verrückt, um sie mit ein paar Worten zu erzählen.«

»Aber Sie kennen ihn! Und Fräulein Julia?«

»Poltecky hat es fertiggebracht, daß Julia nach Jahren wieder lachte. Dafür danke ich ihm ewig.«

»Und jetzt hat sie einen Schock durch ihn bekommen. Sie hat sich doch nicht etwa in diesen Poltecky …?«

Er sprach die Frage nicht zu Ende, aber Opperberg verstant ihn und hob die Schultern.

»Es ist möglich. Ich bin bereit, alles herzugeben und jedes Opfer zu bringen, wenn Julia glücklich wird. Selbst diesen Poltecky nehme ich bei mir auf.«

»Herr Konsul!« rief Prof. Seberg entsetzt. »Ihre Vaterliebe und Reue geht doch etwas zu weit! Ein solcher Bursche …«

»Sie kennen ihn doch gar nicht.«

»Was hier in der Zeitung steht – drei Frauen ...«

»Ich habe mit allen drei Mädchen gesprochen. Sie haben Poltecky das Geld förmlich nachgeworfen in der Hoffnung, ihn damit unter den Hut und den Pantoffel zu bringen. Und der kleine Narr nahm das Geld – um sein Glück zu zwingen. Er wollte das Schicksal korrigieren.« Opperberg lächelte bitter. »Wenn wir es tun, lieber Professor, nennt man es ›geglückte Transaktionen‹. Tut es ein kleiner armer Wicht, so wird es Betrug. Gleiche Taten gewinnen eine andere Bewertung, wenn man sie von zwei verschiedenen Ebenen aus sieht.«

Prof. Seberg schwieg. Er sah zum Weg hinunter. Ein Krankenwagen der Bonner Neurologischen Klinik war vorgefahren. Zwei Krankenwärter und ein junger Arzt kamen mit einer Trage über den Kiesweg zur Terrasse hinauf. Der Wagen setzte rückwärts in die Auffahrt hinein.

Opperberg griff selbst mit zu, als die Trage auf der Terrasse stand. Er trug Julia wie ein kleines Kind auf seinen Armen und deckte sie mit den Decken zu, die die Pfleger anreichten. Unterdessen hatte der Diener den Wagen Opperbergs aus der Garage gefahren und einen kleinen Koffer mit Nachtzeug auf den Rücksitz gelegt. Er wußte, daß Opperberg in der Klinik bei seiner Tochter bleiben würde, bis die Krisis überstanden war oder es keine Besorgnisse mehr gab.

Wenig später rasten zwei Wagen nach Bonn, vorweg der Krankenwagen mit sich drehendem und zuckendem Blaulicht, hinterher der schnelle Sportwagen, mit einem bleichen Mann am Steuer.

In der Neurologischen Klinik erwartete bereits der Chefarzt den ihm bekannten Bankier. Während zwei Assistenten Julia für die Untersuchung vorbereiteten, unterrichtete Opperberg in kurzen Worten den Chefarzt von der Vorgeschichte des Schockes.

»Wir werden Ihre Tochter aus der Bewußtlosigkeit herausholen«, sagte der Chefarzt. »Aber was dann kommt – wir kennen ja Ihre Tochter. Ihre Lähmung ist eine reine Nervenlähmung, die wir vergeblich behandelten. Nun dieser Schock dazu. Ich mache mir Sorge, Herr Konsul.«

»Sprechen Sie offen, Herr Professor.« Opperberg würgte. Er spürte, wie Tränen in seine Augen traten. »Ich will stark sein. Sie können mir alles sagen.«

»Es kommt vor – bei ganz extremen Fällen – , daß der Kranke einfach nicht mehr gesund werden will. Er will sterben! Und da nutzen keine Medizinen mehr – seelisch stirbt er ab. Er stellt sich so fest und gründlich auf das Vergehen ein, daß der Kreislauf einfach aussetzt. Er spricht auf alle Medikamente nicht mehr an.«

Stephan Opperberg sah auf den weißen Boden der Klinik. Er hatte die Hände gefaltet und atmete tief.

»Julia soll weiterleben«, sagte er leise. »Wenn Sie erwacht, rufen Sie mich sofort. Ich verspreche ihr alles – alles.«

»Auch diesen komischen Poltecky?« fragte der Chefarzt konsterniert.

»Auch den! Wenn sie nur weiterlebt!«

Als geschlagener Mann verließ Konsul Stephan Opperberg die Neurologische Klinik. In der Nacht noch fuhr er nach Hamburg. Vorher hatte er mit dem Oberstaatsanwalt gesprochen. Das Verfahren würde nicht eingestellt werden, erfuhr er in diesem Gespräch. Im Gegenteil – auch wenn die drei geschädigten Frauen aus unbekannten Gründen ihre Klagen zurückzogen und als Nebenkläger nicht mehr in Frage kamen – die Staatsanwaltschaft wollte am »Fall Poltecky« ein Exempel statuieren und ihn zur Warnung für alle jungen Mädchen und heiratslustigen reifen Frauen gelten lassen.

»Ich stelle jede Kaution!« hatte Opperberg gerufen.

»Nach der Verurteilung«, lautete die Antwort der Staatsanwaltschaft.

Das war der Anlaß, daß Opperberg sofort nach Hamburg fuhr, um Poltecky mit allen Mitteln, die ihm zur Verfügung standen, vor einer Verurteilung zu retten. Am frühen Morgen, gleich nach seiner Ankunft, schellte er den besten Strafverteidiger Hamburgs aus dem Bett und beauftragte ihn mit der Verteidigung Polteckys.

Vier Stunden später versuchte Opperberg, zu Poltecky im Untersuchungsgefängnis vorgelassen zu werden. Der Verteidiger war in das Hotel zu Opperberg zurückgekommen und hatte berichtet, daß Poltecky jede Verteidigung ablehne und sich selbst vor Gericht vertreten wolle.

»Der Junge weiß ja gar nicht, was auf dem Spiel steht«, rief Opperberg. »Er bringt sich um Kopf und Kragen! Und Julia ... Es ist nicht auszudenken! Ich werde mit ihm selbst sprechen.«

Aber auch das gelang nicht. Poltecky lehnte jeden Besuch ab.

Stephan Opperberg fuhr zur Oberstaatsanwaltschaft. Er legte die Bestätigung der drei Mädchen vor, daß sie sich nicht geschädigt fühlten. »Für was wollen Sie denn Anklage erheben?« rief er verzweifelt.

Der Oberstaatsanwalt war verwundert. Einen Mann von der Persönlichkeit Opperbergs als Fürsprecher eines Heiratsschwindlers zu sehen, war mehr als ungewöhnlich.

»Der Staat hat das Recht, auch wenn die Nebenkläger ausfallen, kriminelle Handlungen schärfstens zu ahnden. Und Heiratsschwindel ist eben ...«

»Er ist es wider Willen!« rief Opperberg.

»Das wird die Verhandlung zeigen.«

Während Opperberg noch von Stelle zu Stelle lief, mit Anwälten konferierte, mit Poltecky schriftlich verkehrte und immer Ablehnungen erhielt, marschierte ein kleiner Trupp von Zeugen in Hamburg auf.

Aus Köln kamen Herr Drogist Meyer und die Zimmervermieterin. Außerdem fuhren in einem besonderen Abteil, das abgeschlossen war und in dem man die braunen Gardinen vorgezogen hatte, drei sehr geheimnisvolle Männer, unter ihnen der kleine Mann mit dem weißen Stoppelhaar.

Aus Fulda hatte man den Buchhändler geholt, den Chef Carolas, der gar nichts wußte als eine Äußerung seiner Angestellten: »Ach, ich bin ja so unglücklich!« Dieser zu beeidende Ausruf sollte ein wichtiges Indiz der Anklage werden, denn wenn ein Mädchen unglücklich ist, beweist dies, daß es das Opfer eines Mannes geworden ist.

Aus dem Zuchthaus kam in einer »Grünen Minna« der Filmboß Herwig Walker angeschaukelt. Gustl Bretschnider,

der »Regisseur«, wurde von Hannover gebracht, wo er begonnen hatte, im Gefängnisgarten eine Parzelle mit Astern zu bepflanzen.

Der vornehmste Transport reiste aus unbekanntem Ort heran, schwer bewacht, mit einem Sonderwagen, der in Köln des Nachts an den FD-Zug nach Hamburg angekoppelt wurde.

In den Abteilen, voneinander getrennt und umgeben von freundlichen, aber sehr sportlichen Herren, saßen Arkan Subelkian, Peter Brandenburg und der unglückliche Joe Dicocca.

Um 9 Uhr vormittags begann der Prozeß Poltecky.

Um 9 Uhr 15 Minuten schon geschah der erste Zwischenfall.

Franz v. Poltecky sagte nach der Vernehmung zur Person auf die Frage des Vorsitzenden: »Fühlen Sie sich im Sinne der Anklage schuldig?« laut und ohne zu zögern:

»Ja!«

Es war etwas, was man noch nicht erlebt hatte.

»Sie heißen Martina Schneewind und sind Lehrerin hier in Hamburg?«

»Ja.«

Der Vorsitzende blätterte in den Akten und warf einen Blick auf Martina. Sie trug ein dunkelgraues Kostüm, hochhackige Schuhe und hellgraue, hauchdünne Strümpfe. Ihre Fingernägel waren rosa lackiert. Ein wenig mondän als Lehrerin, dachte der Vorsitzende. Aber die Zeiten ändern sich.

»Sie haben vor der Kriminalpolizei eine Anzeige …«

»Nein!« sagte Martina laut und fast herrschend.

Der Staatsanwalt, ein junger Jurist mit Temperament, fuhr empor. »Doch!« rief er dazwischen. »Sie haben am …« Er suchte das Datum in den Akten, aber Martina Schneewind winkte ab.

»Ich habe alles zurückgezogen, weil es in einer Anwandlung von Depression geschah. Ich war nicht im Vollbesitz meiner geistigen Kräfte.«

»Als Lehrerin?« spottete der Staatsanwalt.

»Das soll es auch bei Juristen geben!«

»Ich bitte die Zeugin ...« Der Staatsanwalt wurde rot und sah auf den Vorsitzenden. »Es steht doch fest, daß die Zeugin mit dem Angeklagten in näheren Beziehungen gestanden hat und ...«

Martina fuhr herum. Ihr Gesicht, sonst beherrscht und kühl, fast hochmütig, war aufgelöst und zuckte. Beim Eintritt in den Gerichtssaal hatte sie vermieden, zur Seite zu sehen, wo Franz v. Poltecky hinter der Barriere saß, allein, ohne Anwalt, wie er es gewollt hatte. So einsam, als sei er ein Aussätziger, um den man einen weiten Bogen macht.

»Ich verweigere jede Aussage!« sagte Martina laut. Dabei sah sie Poltecky an, als bitte sie ihn um Verzeihung. Poltecky erwiderte ihren Blick, aber in ihm war Verblüffung.

Der Vorsitzende wandte sich an ihn.

»Haben Sie die Zeugin Martina Schneewind geschädigt?«

»Ja!«

»Nein!« schrie Martina.

»Doch! Ich habe von ihr 7000 Mark genommen, ihre ganzen Ersparnisse, um mit dem Geld in ein vages Geschäft zu steigen.«

»Das ist nicht wahr! Ich habe es dir freiwillig gegeben!« rief Martina verzweifelt.

»Nein! Ich habe durch Vorspiegelung von Liebe und einem Eheversprechen«

»Nie! Nie!« rief Martina dazwischen.

»... das Geld ergaunert.«

Opperberg, der in der ersten Reihe des Zuschauerraumes saß, rang die Hände. »Er hat den Verstand verloren«, sagte er zu seinem Nachbarn, dem bekannten Verteidiger.

»Man müßte eine psychiatrische Untersuchung beantragen und die Verhandlung vertagen lassen«, meinte der Anwalt. »Aber wer soll das beantragen? Er verteidigt sich ja selbst.«

Die nächste Zeugin, Carola Pfindt, erregte durch ihr Aussehen ein leises Stimmengewirr im Zuschauerraum. Selbst der Staatsanwalt griff in einer Reflexhandlung zum weißen Schlips und zog daran.

Carola sah beim Eintritt zu Poltecky hinüber und nickte ihm zu. Er grüßte wieder und lächelte.

»Ich verweigere die Aussage!« sagte sie gleich nach der Personalienfeststellung. »Ich bin nicht geschädigt.«

»Und das Geld?« rief der Staatsanwalt wütend.

»Welches Geld? Die paar tausend Mark? Ach ...« Carola hob kokett die Schultern. »Ich habe sie ihm gegeben, damit er in seinem Beruf weiterkam. Ich wußte im voraus, daß das Geld verloren war. Verlangt hat er gar nichts!«

»Doch!« Poltecky stand hinter seiner Barriere auf. »Ich habe zu dir gesagt, daß ich dich heiraten werde. Und deswegen hast du mir das Geld gegeben. Ich habe dich belogen.«

Carola schüttelte langsam den Kopf. Aus großen, grün leuchtenden Augen sah sie ihn an.

»Aber nein, Franz«, sagte sie so laut, daß es jeder im Saal hörte. »Du kannst doch gar nicht lügen.«

Die Vernehmung von Erna Vorwerck gestaltete sich nicht anders. Sie hatte mit Ministerialrat Dr. Kruge alles durchgesprochen und steuerte eine kleine Sensation bei, als sie sagte:

»Ich kann nicht aussagen, da ich mit dem Angeklagten verwandt bin. Ich bin seine Cousine.«

»Und das Geld?« hakte der Staatsanwalt wieder ein. »Er hat Sie doch um Ihre sauer ersparten Mark betrogen.«

»Niemals!« Erna drehte sich zu Poltecky herum, der verblüfft über soviel Leugnen hilflos zum Vorsitzenden hin die Arme hob. »Es ist doch wohl üblich, daß man Verwandten aus momentanen Schwierigkeiten hilft – wenn man es kann!«

Die Verhandlung schleppte sich hin.

Alle Zeugen stellten Poltecky ein gutes Zeugnis aus, auch Herr Meyer, der ihn »einen guten Drogisten« nannte, der nur durch seinen »Literaturfimmel« zu einer lächerlichen Figur geworden sei.

»Ich nähme ihn jederzeit wieder in meiner Drogerie auf!« sagte er.

Dicocca war der einzige Zeuge, der aussagte, daß Poltecky zu ihm von den betrogenen drei Frauen gesprochen und geäußert habe, er würde sie nie und nimmer heiraten.

»Aha!« rief der Staatsanwalt mit leichtem Triumph. »Aha!«

»Ich habe es ja längst gestanden«, bemerkte Poltecky. »Das einzige, was mich interessiert, ist die Höhe der Strafe.«

»Dann können wir die Beweisaufnahme ja abschließen«, meinte der Staatsanwalt. »Der Fall liegt klar.«

Das Plädoyer des Staatsanwaltes war die nächste Sensation des zuerst so unscheinbaren Prozesses. Er sagte, und man merkte, daß er es aus Überzeugung darbot:

»Der Angeklagte ist ein Opfer der Liebessehnsucht von Torschlußpanik gepeinigter Frauen geworden. Er sieht nett aus, ist intelligent, charmant, versteht zu fabulieren und den Mädchen den Kopf zu verdrehen. Aber das alles ist ja kein Verbrechen – im Gegenteil, man könnte ihn um seine Chancen beim weiblichen Geschlecht beneiden.

Gefährlich aber wird diese Wirkung auf die Frauen, wenn sie dazu benutzt wird, Geld aus ihren Taschen zu locken, unter dem Versprechen, das liebeskranke Mädchen auch zu heiraten. Das nennt man dann Heiratsschwindel. Und die Strafen sind nicht gering. Aber – war der Angeklagte Poltecky alias Schuster ein Heiratsschwindler? Hat er Geld erschwindelt? Hat er Herzen wissentlich betrogen und Nutzen daraus gezogen? Ist er ein Freibeuter der Liebe? Oder haben ihn die Frauen nur so maßlos verwöhnt, daß er gar nicht anders konnte, als das Geld anzunehmen, um seine Ruhe zu haben?

Die Beweisaufnahme hat ergeben, daß Poltecky ein Opfer seiner Wirkung auf Frauen geworden ist. Wo er auftrat, sollte er geheiratet werden, wollte man ihn einfangen. Die Frauen haben es ihm leicht gemacht. Sie warfen ihm das Geld nach, und er hob es auf mit dem Willen, es ihnen einmal zurückzuzahlen, wenn er selbst an seinem Film genug verdienen würde. Dann wurde er selbst betrogen – um alles, was er hatte. Um Geld, um Glück, um Selbstvertrauen. Daher sein Geständnis, er sei ein Heiratsschwindler!

Die Staatsanwaltschaft sieht daher den Tatbestand der Anklage als nicht gegeben und beantragt Freispruch mangels Beweises.«

»Bravo!« rief Opperberg laut in den Saal.

»Ich wußte es«, sagte Herr Drogist Meyer. »Ich wußte es ja! Drei Jahre war er bei mir. Er ist ein ordentlicher Mensch!«

Die Beratung des Gerichtes war kurz. Dann wurde Poltecky freigesprochen. Sein Schlußwort war ebenso kurz wie der Satz: »Sie sind freigesprochen. Die Kosten trägt die Staatskasse!«

Er sagte leise und mit verkniffenem Gesicht:

»Ich verstehe die Gerechtigkeit nicht mehr. Ich habe gestanden, und man schickt mich weg! Aber vielleicht haben sie recht, meine Herren: Die größte Strafe ist es, weiter unter den Menschen zu leben. Die Ruhe im Gefängnis wäre zu schön gewesen.«

»Typisch«, sagte Opperberg zu dem Rechtsanwalt an seiner Seite. »Er ist seelisch völlig runter. Ich werde ihn in meinem Haus wieder auf die Beine stellen! Was er braucht, ist neues Selbstvertrauen. Und das will ich ihm geben.«

Noch einmal sah Poltecky seine drei Opfer an.

Martina Schneewind nickte ihm zu und lächelte schwach.

Carola Pfindt zögerte beim Hinausgehen aus dem Gerichtszimmer. Sie wollte Poltecky die Hand geben, aber dann bezwang sie sich und drehte sich nur noch einmal zu ihm um. Ihre grünen Augen strahlten. Leb wohl, dachte sie.

Erna Vorwerck ging als letzte. Sie blieb vor Poltecky stehen und sah ihn groß an. Stumm. Fragend. Bittend. Poltecky verstand sie. Er hob die Schultern und sah zur Seite. Da ging sie hocherhobenen Hauptes.

Poltecky wurde abgeführt. Opperberg machte sich gleich auf den Weg, um ihn vom Untersuchungsgefängnis abzuholen. Wer freigesprochen ist, wird sofort entlassen.

Aber Konsul Opperberg irrte sich.

Poltecky blieb in Haft!

Der kleine Mann mit dem Stoppelhaar aus Bonn brauchte ihn noch.

Julia Opperberg wartete in der Bonner Klinik auf den Ausgang des Prozesses.

Sie lag – wie seit Tagen – stumm, teilnahmslos und bleich in einem sonnendurchfluteten Einzelzimmer.

Mit den Ärzten und Schwestern sprach sie nicht. Ihre Pfleger mußten erraten, was sie brauchte, was sie wünschte, was sie nicht wollte. Selbst der Chefarzt, der stundenlang an ihrem Bett saß und mit ihr ein Gespräch beginnen wollte, um ihre innere Verkrampfung zu lösen, stieß auf eine Mauer des Schweigens und der Abwehr.

Nur Musik fand Zugang zu ihrer Seele.

Ein Radioapparat spielte den ganzen Tag. Am Abend wurde ein Fernsehgerät in das Zimmer gerollt, und Julia sah stumm auf die Mattscheibe und das helle bewegte Bild. Ob sie verstand, was sie sah, wußte niemand. Man hatte nur beobachtet, daß bei bestimmten Musikstücken ihr Gesicht heller wurde, ein Lächeln über ihre Lippen glitt oder ihre Augen die Stumpfheit verloren und belebter wurden.

Am Mittag des Prozeßtages lag sie schwer atmend im Bett. Alle Beruhigungsinjektionen waren wirkungslos geblieben. Sie starrte auf die Uhr über der Tür und wartete. Ihre Hände tasteten über die Bettdecke oder rissen an einem Taschentuch, das sie zwischen den Fingern hielt.

»Wenn mein Vater anruft – ich will selbst mit ihm sprechen!« sagte sie.

Es war der erste Satz seit Tagen.

Der Chefarzt selbst eilte sofort ins Zimmer

Julia Opperberg saß in ihrem Bett. Die Schwester, die man ihr zur alleinigen Betreuung gegeben hatte, stand mit großen Augen neben der Tür und hob die Arme, als der Chefarzt hereinkam.

»Sie sitzen ja!« sagte er verblüfft. »Wer hat Sie denn aufgerichtet?«

»Sie hat sich selbst hochgesetzt«, sagte die junge Schwester. »Ich habe es nicht getan.«

»Das ist doch unmöglich!« Der Chefarzt trat an das Bett heran. Julia wandte den Kopf ab. Der erste Satz seit Tagen, den sie gesprochen hatte, war auch der letzte. Sie sah durch den Arzt hindurch, als sei er aus Glas, als er sich vorbeugte und ihr in die Augen sah.

»Wie haben sie sich gesetzt?« fragte der Arzt eindringlich. »Ich bitte Sie – sagen Sie mir, haben Sie sich aus eigener Kraft gesetzt? Wir wollen Sie doch gesund machen!«

»Sie hat sich plötzlich aufgerichtet – und dann saß sie – mit den Händen hat sie sich abgestützt ...«, stotterte die junge Schwester. »Ich wollte zu ihr – aber sie winkte ab und sagte: ›Es geht schon‹!«

»Stimmt das, Fräulein Opperberg?« Der Chefarzt atmete hastig. Mein Gott, dachte er, wenn sie sich setzen kann, wenn diese vollständige Lähmung zurückgegangen ist, dann werden vielleicht auch die Beine ...

»Bitte, stehen Sie auf !« sagte er heiser vor Erregung. Julia schüttelte den Kopf und sah zur Seite.

»Stehen Sie auf!« schrie der Chefarzt. Julia zuckte unter dieser befehlenden Stimme zusammen, aber sie blieb sitzen und biß die Zähne zusammen. Man sah es an den Backenknochen, die spitz durch die Haut stachen.

»Warum machen Sie es uns so schwer?« fragte der Arzt. Er setzte sich an das Bett und nahm Julias schlaffe Hand in die seine. »Sie könnten längst wie alle anderen jungen Mädchen die Schönheit der Welt genießen und in Wäldern herumlaufen, in der See schwimmen oder auf Berge klettern, wenn Sie nur wollten! Ihre Krankheit liegt in Ihrer Seele. Warum sperren Sie sich gegen uns?«

Julia gab keine Antwort. Sie saß hochaufgerichtet im Bett und starrte gegen die weiße Wand. Der Chefarzt sprach über eine halbe Stunde – er hatte das Gefühl, gegen eine Wachspuppe zu sprechen. Dann stand er auf, hob die Schultern und verließ schnell, verärgert und mit der Einstellung, brüskiert worden zu sein, das Krankenzimmer. Als die Tür zuklappte, wandte Julia den Kopf wieder zu der jungen Schwester.

»Wenn mein Vater aus Hamburg anruft«, sagte sie leise, »vergessen Sie nicht ...«

Zwei Stunden später – zwei Stunden, in denen Julia unbeweglich im Bett saß und auch den Diener nicht beachtete, der von Bad Honnef herübergekommen war – kam der Anruf aus Hamburg.

Julia hielt selbst den Hörer in der Hand. Sie war ruhig, und in ihrer Blässe wie aus zerbrechlichem Porzellan, als sie die Stimme Konsul Opperbergs hörte.

»Ja, Vater?« sagte sie leise. »Ich bin es selbst.«

Dann schwieg sie und hörte, was Opperberg berichtete. Sie lächelte schwach, aber es war ein Lächeln, das den zarten Körper so von innen her erleuchtete, daß es wie eine Verwandlung des ganzen Menschen wirkte.

»Ja, ich habe gehört«, sagte sie, als Opperberg zu Ende gesprochen hatte. »Ja – ich bin froh ... Ich danke dir, Paps – ich danke dir.«

Sie legte den Hörer wieder zurück und ließ sich im Bett zurückgleiten, bis sie wieder lag.

»Er ist freigesprochen«, sagte sie noch immer mit dem seligen Lächeln auf den blutleeren Lippen. »Ich wußte es.« Sie tastete nach der jungen Schwester und drückte ihr die Hand. »Bringen Sie mir etwas Orangensaft – und dann möchte ich schlafen.«

Der Diener deckte sie zu. Sie lachte ihn an und schob seine Hand weg.

»Das kann ich jetzt allein«, sagte sie lauter. »Er ist freigesprochen ... Ist das nicht schön?«

»Sehr schön, gnädiges Fräulein.«

»Morgen komme ich zurück nach Honnef. Ich will wieder zu Hause sein – auf der Terrasse, im Garten, am Rhein ... Du holst mich morgen früh ab, nicht wahr?«

»Wenn der Arzt es erlaubt.«

»Er muß es erlauben! Ich werde nur zu Hause ganz gesund.« Sie dehnte sich im Liegen, legte die Arme unter den Nacken und schloß die Augen. »Und jetzt will ich schlafen – jetzt ist ja alles gut.«

Im Hamburger Untersuchungsgefängnis stand Franz v. Poltecky dem Gefängnisdirektor gegenüber.

Sein Anzug war ein wenig zerknittert. Das Angebot, einen neuen Anzug von Konsul Opperberg zu tragen, hatte er abgelehnt. Auch das Geld, das ihm sowohl Martina Schneewind wie auch Carola Pfindt oder Erna Vorwerck ins Gefängnis schickten, hatte er zurückgewiesen und die Verwaltung gebeten, es wieder an die Frauen zurückzusenden.

»Ich will nichts mehr mit meinem früheren Leben zu tun haben«, hatte er gesagt. »Ich bin wieder Franz Schuster – sonst niemand!«

Der Gefängnisdirektor blätterte in den Papieren, die auf seinem Schreibtisch lagen. Poltecky wartete geduldig an der Tür, wortlos, blaß, ein Mensch ohne Hoffnung auf das Morgen.

»Sie werden in einer Stunde entlassen, Herr Schuster«, sagte der Direktor und winkte Poltecky, sich zu setzen. »Sie wissen, daß Ihr Prozeß in der Öffentlichkeit einiges Aufsehen erregt hat?«

»Ich ahne und befürchte es.«

»Sie werden deshalb nicht – wie bekanntgegeben – um zehn Uhr, sondern schon um neun Uhr entlassen! Ich habe die Anweisung, Sie noch einmal darauf hinzuweisen, daß Sie keinerlei Presse- oder Rundfunkinterviews über das geben dürfen, was Sie erlebt haben. Im Interesse des Staates.«

»Ich will von allem nichts mehr hören. Ich will in Ruhe gelassen werden – das ist mein einziger Wunsch.«

»Sie kehren nach Köln zurück?«

»Vorläufig. Ich werde wahrscheinlich in den Süden ziehen, um dort wieder – wo ich unbekannt bin – von vorn anzufangen. Wenn man mir eine Chance gibt.«

»Sie müssen sich sofort beim Wohnungswechsel bei der Polizei melden.«

»Ich weiß.«

Der Gefängnisdirektor schob Poltecky die Entlassungspapiere zu. Dann reichte er ihm die Hand hin. Es war keine Geste, sondern eine ehrliche Freudenbezeugung.

»Ich wünsche Ihnen viel Glück, Herr Schuster«, sagte er.

»Ich habe Ihre Akten gelesen. Sie sind eine der merkwürdigsten Gestalten, die bei uns gewesen sind. Man könnte – wenn es ginge – mit einem Auge lachen und mit dem anderen weinen. Eigentlich sind Sie das Opfer – ein Opfer der menschlichen Dummheit. Aber Dummheit ist ja nicht strafbar.«

»Ich glaube, alle, die mit mir zu tun hatten, haben mich verkannt.« Poltecky nahm die Entlassungspapiere. Sieben Wochen Haft nach dem Freispruch, dachte er. Schutzhaft, wie der kleine Mann aus Bonn sagte. Erst nach der Aburteilung von Dicocca, Brandenburg und Subelkian war die Haft aufgehoben worden. Der wertvolle Zeuge war gerettet worden – nun konnte er hingehen, wohin er wollte.

Dann stand er auf dem langen Gefängnisflur und hielt seine Entlassungspapiere in der Hand, offen, ungefaltet, als müsse er sie bei jedem Schritt vorzeigen, um weitergehen zu können. Der Oberwärter, ein alter Hauptwachtmeister, winkte ihm aus einer Tür zu.

»Kommen Sie. Ihre Sachen abholen! In 16 Minuten ist es neun Uhr – um neun müssen Sie heraus sein, sonst können Sie sich beschweren.«

Poltecky nickte und ging langsam den Gang hinab.

Pünktlich um neun Uhr öffnete sich an einer Seitenmauer die Eisentür in die Freiheit. Poltecky zeigte noch einmal seine Papiere – dann tat er einen weiten Schritt durch die offene Tür und stand auf der Straße. Es war ein Schritt, der aus Poltecky wieder Franz Schuster werden ließ.

Die Straße war still und leer. Es war eine kleine Gasse, die eigentlich nur aus der hohen Mauer des Gefängnisses bestand. Erst weiter hinten mündete sie in die Hauptstraße ein.

Ein einzelner schwarzer Wagen, ein großer Reisewagen, parkte verlassen in der Gasse. Poltecky sah über ihn hinweg auf den hellen Fleck der Gassenmündung.

Dort liefen die Menschen, glitten Autos vorbei – aus dieser Entfernung gesehen –, lautlos, wie Schemen. Dort war das Leben – noch hundert Schritte entfernt –, dort waren Kampf und Neid und Mitleidlosigkeit. Dort waren Menschen!

Poltecky faltete seine Entlassungspapiere zusammen und steckte sie in seinen ungebügelten, zerknitterten Rock. Dann drückte er die Aktentasche, in der er jetzt alles trug, was er besaß, fest unter den Arm, hob den Kopf und ging langsam die kleine Gasse entlang.

Die Tür des Reisewagens öffnete sich plötzlich. Ein schlankes Mädchenbein erschien und tastete nach dem Straßenpflaster, dann noch ein Bein – ein blonder Lockenkopf beugte sich vor. Poltecky war stehengeblieben und preßte die Aktentasche an sich. Ich bin wahnsinnig geworden, dachte er. Die sieben Wochen Haft haben mich ausgehöhlt. So etwas gibt es doch nicht – das ist doch nur die Gaukelei einer nicht kontrollierbaren Phantasie.

Das blonde Mädchen stand nun auf der Straße. Sie schien noch etwas unsicher zu sein. Als sie zu gehen begann, war es, als taste sie sich über blankes Eis und habe Angst, auszugleiten. Aber es ging. Die Beine bewegten sich, sie tasteten vor, trugen den Körper weiter, langsam zwar, aber aus eigener Kraft.

Poltecky fühlte, wie die Aktentasche aus seinem Arm rutschte. Er hielt sie nicht auf – sie fiel auf die Straße.

»Julia Opperberg ...«, stotterte er. »Das ist – das ist ...« Es war, als zucke ein Schlag durch seinen Körper. Er stürzte vor, und mit einem plötzlichen Würgen im Hals sah er, daß auch Julia zu laufen begann – ja, sie lief, die Arme hatte sie vorgestreckt, die blonden Haare flatterten.

»Julia!« schrie Poltecky entsetzt. »Julia! Bleiben Sie stehen! Sie fallen – bleiben Sie stehen! Ich flehe Sie an – Julia!«

Er rannte wie besessen auf sie zu. Als er vor ihr stand, verließen Julia die Kräfte. Poltecky fing sie auf, hob sie empor auf seine Arme und trug sie auf den Wagen zu, aus dem jetzt Konsul Opperberg stieg.

»Sie kann gehen«, stammelte Poltecky, als Opperberg vor ihm stand. »Sie kann wirklich gehen.«

Opperberg nickte und schluckte. Er spürte, wie seine Augenwinkel feucht wurden, und er kämpfte dagegen, es nicht zu zeigen.

»Sie hat vier Wochen geübt. Sie wollte Sie selbst empfangen – Ihnen entgegengehen – Sie ins Leben zurückholen, Poltecky.«

»Ich bin nicht mehr Poltecky.« Er legte Julia auf den Rücksitz des großen Wagens. Als er sich aufrichten wollte, hielt ihn Julia an der Hand fest.

»Sie werden es wieder sein«, sagte sie leise.

»Ich bin ein Phantast. Ich bin ein Stümper, ein Nichts. Bitte, lassen Sie mich gehen. Ich will im Grau des Alltags untertauchen – denn dort gehöre ich hin.«

»Sie haben Julia gesund gemacht«, sagte Opperberg. Seine Stimme duldete keinen Widerspruch. »Sie kommen zuerst zu uns nach Honnef. Dann wollen wir weitersehen.«

»Ich …« Franz atmete tief auf. »Es ist doch …«

»Bitte«, sagte Julia schwach. »Bitte, Franz …«

Sie zog ihn an der Hand in den Wagen hinein. Opperberg schüttelte den Kopf, als er die Tür schloß und sich hinter das Steuer setzte.

»Woher nehmen Sie bloß das Glück bei den Frauen?«

»Ich weiß es nicht.« Franz spürte die kalte Hand Julias über seine Finger streicheln. »Jeder Mensch hat seine tragische Note.«

»Ich werde sie Ihnen austreiben!«

»Ich möchte Ihnen nicht zur Last fallen. Und ich bin eine Last. Ich bin das alles nicht wert. Bitte, setzen Sie mich an irgendeiner Ecke ab – und vergessen Sie mich. Bitte!«

»Wenn Sie weiter so dumm reden, tue ich es wirklich«, sagte Stephan Opperberg. Dann fuhr er an, schoß aus der kleinen Gasse heraus.

Franz spürte Julias Nähe. Fast unmerklich lag ihre Hand über der seinen. Ihre Blicke trafen sich. Franz las aus den strahlenden Augen des Mädchens ein Versprechen.

Und plötzlich fand er das Leben wieder schön. Er gewann den Mut zurück, um seine Zukunft zu kämpfen. Nur um seine Zukunft? Er nahm Julias Hand und wußte, daß er nie mehr allein sein würde.

Die Romane von
Heinz G. Konsalik
bei Blanvalet

Tödlicher Staub
Roman
480 Seiten

Das goldene Meer
Roman
416 Seiten

Der Jade-Pavillon
Roman
384 Seiten